火龍の剣

八丁堀剣客同心

鳥羽 亮

時代小説文庫

角川春樹事務所

目次

本書は、ハルキ文庫のための書き下ろし作品です。

火龍《ひりゆう》の剣

八丁堀剣客同心

第一章　手入れ

1

暮れ六ツ（午後六時）ごろ――。

浅草田原町一丁目。稲荷《いなり》の境内《けいだい》に、大勢の捕方が集まっていた。総勢三十数名。いずれも捕物装束に身を固めていた。小袖《こそで》を裾高《すそだか》に尻っ端折《ぱしょ》りし、襷《たすき》で両袖を絞り、向こう鉢巻に手甲脚半《てっこうきゃはん》姿である。

捕方の指揮をするのは、南町奉行所、定廻《じょうまわ》り同心の横山安之助《よこやまやすのすけ》と山崎貞次郎《やまざきさだじろう》だった。ふたりとも捕物出役装束だが、通常の捕物出役のおりの鎖帷子《くさりかたびら》、鎖籠手《くさりごて》、鎖臑当《くさりすねあて》などは身につけていなかった。黒の腰切半纏《こしきりばんてん》に黒の股引《ももひき》、紺足袋《たび》に武者草鞋《わらじ》である。

ふたりの同心が捕物装束に着替えたのは、稲荷の境内に来てからだった。捕方たちも、この場にきてから着替えた者が多かった。それというのも、日本橋や浅草の賑《にぎ》やかな通りを大勢で物々しい捕物装束に身をかためて歩いたのでは、人目を引き、騒ぎが大きくなるからだ。

これから、捕方は二町ほど先にある賭場《とば》を奇襲することになっていた。貸元や賭場の客に事前に町方の手入れが知れては、捕方が着く前に逃げ散ってしまうだろう。

捕方のなかには、十手《じって》のほかに捕物三具と呼ばれる長柄の袖搦《そでがらみ》、刺股《さすまた》、突棒《つくぼう》を手にしている者もいた。近くの番屋から、持ってきたらしい。

「そろそろだな」

横山が西の空に目をやって言った。

残照がひろがり、境内を囲った松や樫《かし》などの葉叢《はむら》の間から淡い橙色《とうしょく》の空が見えたが、樹陰や祠《ほこら》の陰は淡い夕闇に包まれていた。

横山は歳《とし》は三十代半ば、面長《おもなが》で鼻梁《びりょう》が高く、目が細かった。神経質そうな顔をしている。その顔が緊張していた。

「見張りをひとり呼んで、賭場の様子を訊《き》いてみますか」

山崎が言った。

山崎は、まだ二十歳を過ぎたばかりだった。肌の浅黒い丸顔で、濃い眉《まゆ》をしている。

横山と山崎の手下が三人で、今日の午後から賭場を見張っていたのである。

「助八《すけはち》をやろう」

　横山は、脇にいた岡っ引きの助八を賭場に走らせた。助八は、浅草を縄張《しま》にしている岡っ引きで、この辺りのことに詳しかった。

　助八は稲荷の鳥居を飛び出すと、路地を走って賭場に向かった。

　いっときすると、助八は平六《へいろく》という小者を連れて戻ってきた。平六は山崎に仕えている小者で、山崎の指示で賭場を見張っていたのである。

「平六、どうだ、賭場は開いているか」

　山崎が訊いた。

「へ、へい、半刻《はんとき》（一時間）ほど前《めえ》に開きやした」

　平六が、喘《あえ》ぎながら言った。走ってきたので、息が上がったらしい。

「おれたちの動きに気づいた様子はないな」

「変わった様子は、ありません」

「貸元の彦十郎《ひこじゅうろう》は？」

　賭場の貸元は、彦十郎という名だった。まだ、三十がらみで、貸元としては若かった。

「子分を五人連れて、賭場に入《へえ》りやした」

　平六によると、彦十郎といっしょに中盆の房蔵《ふさぞう》と壺《つぼ》振りらしい男、若い衆がふたり、それに総髪の牢人《ろうにん》がひとりいたという。

「牢人は、用心棒か」

横山が訊いた。

「そのようで」

「おれたちには、長柄《ながえ》がある」

横山は、すぐに境内にいる捕方たちを近くに集め、

「賭場に、牢人がいるらしい。いいか、刀や長脇差《ながどす》を手にして手向かう者には長柄を遣え。十手で捕ろうと思うなよ」

と、指示した。

捕方たちは、一斉にうなずいた。どの顔も殺気だち、目は獲物に迫る野犬のようにひかっていた。

「いくぞ！」

横山が捕方たちに声をかけた。

路地は淡い夕闇に包まれていた。人影はなく、路地沿いの店は表戸を閉め、洩《も》れてくる灯《ひ》もなくひっそりと静まっている。

横山を先頭にする捕方の一隊は、足早に賭場に向かった。

賭場は、古刹《こさつ》の築地塀《ついじべい》の脇を入った小径《こみち》の突き当たりにあった。板塀をめぐらせた妾宅《しょうたく》ふうの家である。

板塀の脇に、ふたりの男が身を隠していた。名は松造《まつぞう》と重吉《じゅうきち》。ふたりは、賭場を見張っていた山崎と横山の手先である。

松造たちは横山の一隊を目にすると、板塀の脇から小走りに近づいてきた。

「客はどれほどだ」

横山が訊いた。

「二十四、五人ってえところで」

松造が、小声で言った。

「出入り口は？」

「そこの枝折《しお》り戸でさァ」

松造が指さした。

路地に面した板塀に枝折り戸があった。その枝折り戸から入ったところが、家の正面の戸口だという。

「裏は？」

「あまり使わねえようだが、背戸がありやす」

松造によると、板塀の脇の小径から裏手へまわれるという。

「山崎、裏手を頼む」

横山が言った。

「心得ました」

すでに、横山と山崎は二手に分かれ、家の表と裏から踏み込む手筈《てはず》を相談してあったのだ。

板塀の脇で、捕方は二手に分かれた。横山隊は二十人ほどで正面から、山崎隊は十数人で裏手から踏み込むのである。

横山は枝折り戸の前まで来ると、戸の隙間《すきま》からなかを覗《のぞ》いてみた。戸口に若い衆がふたりいた。ひとりは戸口の脇に立ち、もうひとりは戸口から入ってすぐの上がり框《かまち》に腰を下ろしていた。ふたりは三下《さんした》の下足番らしい。

戸口から淡い灯が洩れ、男たちのざわめきが聞こえてきた。盆茣蓙《ほんござ》のまわりに集まっている客たちの声らしい。博奕《ばくち》は、たけなわのようだ。

横山が、枝折り戸を押してあけ、

「踏み込め！」

と、捕方たちに声をかけた。

捕方たちが枝折り戸からなだれ込み、一斉に戸口に向かった。

2

「捕方だ！」

戸口の脇にいた若い衆が、ひき攣《つ》ったような声で叫び、戸口に飛びこんだ。もうひとりの男も、喚《わめ》き声を上げながら家のなかへ走りこんだ。

「かかれ！」

横山は手にした十手を振った。

御用！　御用！

捕方たちは声を上げながら、十手、袖搦などの長柄の捕具を手にし、一斉に戸口に向かった。

一瞬、家のなかで聞こえていた男たちの声がやんだが、「手入れだ！」という声が響くと、すぐに怒声や悲鳴が起こり、床を踏む音、人のぶつかり合う音、瀬戸物の割れるような音などが聞こえ、騒然となった。

続いて、「裏へ逃げろ！」という男の叫び声が聞こえたが、裏手で引き戸を開ける音がし、捕方たちの声が響くと、男の悲鳴が起こった。裏手から、山崎隊が踏み込んだらしい。

家のなかから、怒声、悲鳴、家具の倒れる音、障子を突き破る音などが入り交じり、まさに、蜂の巣をつついたような騒ぎになった。

「踏み込め！」

横山が叫び、捕方たちが戸口から踏み込もうとしたとき、いきなり男がふたり飛び出してきた。

客のようだ。大工らしい男と小店《こだな》の旦那《だんな》ふうの男である。ふたりは、目をつり上げ、必死の形相《ぎょうそう》で外へ飛び出してきたが、戸口を取りかこんでいた捕方たちが、十手や袖搦などを向けると、その場にへたり込んでしまった。恐怖と興奮で、腰が抜けてしまったらしい。

ドタ、ドタと床を踏む音や悲鳴が聞こえ、男がふたり、三人と、戸口から出てきた。いずれも、客らしかった。

その客を捕方たちが取りかこみ、一斉に十手や長柄の捕具を向けて、御用！　御用！　と声を上げた。

「賭場の客は後だ！」

横山が叫んだ。

賭場の客を捕らえようとすれば、それだけで手一杯になってしまう。いまは、貸元の彦十郎と子分たちを捕らえるのが先である。

そのとき、遊び人ふうの男に混じって、総髪の牢人と三十がらみの痩身《そうしん》の男が、戸口に姿を見せた。

「彦十郎だ！」

松造が叫んだ。

貸元の彦十郎と用心棒の牢人、それに房蔵が、ふたりの若い衆といっしょに戸口から出てきた。

「捕れ、逃がすな！」

横山が叫んだ。

その声で、戸口のまわりにいた二十人ほどの捕方が、一斉に、彦十郎、牢人、房蔵の三人を取り囲んだ。

「御用！」

「神妙にしろ！」

捕方たちは声を上げながら、十手や長柄の捕具を彦十郎たちに向けた。いずれも目がつり上がり、獲物を取り囲んだ野犬のような顔をしている。

「若親分、逃げてくれ！」

叫びざま、房蔵が手にした長脇差を抜いた。彦十郎は若親分と呼ばれているらしい。

続いて、用心棒の牢人が抜刀し、

「捕方ども、皆殺しにしてくれる！」

と、叫んだ。目が血走り、捕方に向けた切っ先が小刻みに震えていた。牢人も、異様に気が昂《たかぶ》っているようだ。

彦十郎も手にしていた長脇差を抜くと、鞘《さや》を捨てた。目をつり上げて、切っ先を捕方たちに向け、すこしずつ後じさった。だが、すぐに踵《かかと》が家の板壁に近づき、それ以上下がれなくなった。

「彦十郎、神妙に縛につけい！」

横山が捕方たちに、捕れ！　と叫び、手にした十手を振った。

十手、袖搦、刺股などを持った五人の捕方が、牢人を取り囲んだ。房蔵には三人、彦十郎には四人の捕方が、袖搦、突棒などを向けた。他の若い衆たちにも、捕方たちが手にした捕具を向けて迫っていく。

そこへ、裏手から踏み込んだ山崎が、十人ほどの捕方を連れて戸口から飛び出してきた。貸元の彦十郎をはじめ主だった者が賭場から表に出たのを知って、駆けつけたらしい。

すぐに、山崎隊の捕方も、牢人や彦十郎の捕縛に加わった。

まず、房蔵が捕方に取り押さえられた。袖搦で着物をからめられて身動きできなくなったところを刺股で家の板壁に押しつけられ、ふたりの捕方に早縄をかけられた。

牢人も捕らえられた。体の左右から袖搦で着物をからめられ、引き倒されたところを捕方たちに取り押さえられたのである。

彦十郎は捕方に必死に抵抗した。袖搦で袖をからめられたが、袖を引きちぎり、手にした長脇差を叩きつけるように浴びせた。

袖搦を持った捕方が、ギャッ！と悲鳴を上げ、身をのけぞらせた。長脇差の切っ先で、肩から胸にかけて切り裂かれている。

そのとき、彦十郎の左手にいた捕方のひとりが、

「やろう！」

と、叫びざま、手にした袖搦を突き出した。

グワッ！

彦十郎が叫び、後ろによろめいた。首筋から血が迸《ほとばし》り出ている。袖搦の先端の尖《とが》った鉤《かぎ》が、首筋を切り裂いたらしい。

彦十郎は顔や胸を血で染めながら、狂ったように長脇差を振りまわした。目を剝《む》き、口をひらき、獣の吼《ほ》えるような叫び声を上げている。

「捕れ！　捕れ！」

山崎が叫んだ。

その声に煽《あお》られるように、数人の捕方が八方から彦十郎に迫り、袖搦や刺股などを突き出した。

彦十郎は、突棒で殴られ、刺股で突かれ、袖搦で着物をからめられて引き倒された。そこへ、細引《ほそびき》を手にした捕方が飛び込んで彦十郎を押さえつけ、両腕を後ろにとって早縄をかけた。

彦十郎はすでに血達磨《ちだるま》になっていた。それでも、狂乱したように怒声を上げ、身を激しくよじっている。

捕物は終わった。捕らえたのは、貸元の彦十郎、牢人の浅野《あさの》重太夫《じゅうだゆう》、中盆の房蔵、壺振りの政次郎《まさじろう》、賭場に居合わせた子分が四人、それに、逃げ遅れた賭場の客が三人、都合十一人の男に縄がかけられた。逃げた客は、後で捕縛した者たちから名や住処《すみか》を聞き出し、常連だけ捕らえることになろう。

なお、牢人と壺振りの名は、捕らえた客から聞いてわかったのである。

「ひったてろ！」

横山が声をかけた。

辺りは、夜陰に染まっていた。賭場になっていた仕舞屋《しもたや》は闇に沈んだようにひっそりと静まっている。

捕らえられた彦十郎や浅野たちは、南茅場町《みなみかやばちょう》にある大番屋に連れていかれた。

大番屋は調べ番屋とも呼ばれ、仮牢もあった。ここで、吟味が行われ、入牢証文《じゅろう》が取れてから小伝馬町《こでんまちょう》の牢屋敷へ送られるのである。

山崎と横山が、捕らえた男たちを大番屋へ連れていったのには、わけがあった。彦十郎が駒形伝兵衛《こまがたでんべえ》と呼ばれる大親分の倅《せがれ》らしいとわかっていたため、賭場を開いた科《とが》の他に、もうひとつ聞き出したいことがあったのだ。

伝兵衛は浅草駒形町で生まれ育ったことから、駒形伝兵衛と呼ばれるようになった。浅草、本所、深川辺りの闇世界を牛耳《ぎゅうじ》っている親分で、賭場だけでなく、不正な高利貸、富裕な商家の脅し、さらに金ずくで殺しまで請け負っているといわれていた。

ところが、本人はまったく表に出ず、すべて子分たちにやらせていたため、町方は伝兵衛の隠れ家さえ摑《つか》めないでいた。

そうした折、博奕の科で捕らえた遊び人が、彦十郎は伝兵衛の倅で、田原町の賭場をまかされているらしい、と口にしたのだ。それで、彦十郎以下用心棒や子分たちを捕らえることにしたのである。

ところが、肝心の彦十郎からは何も聞き出せなかった。彦十郎は調べの場に引き出される前に、牢内で死んでしまったのだ。首に負った傷からの出血が激しく、翌朝までもたなかったのである。

房蔵と政次郎も、彦十郎が伝兵衛の倅であることは知っていたが、伝兵衛の隠れ家や子分たちの塒《ねぐら》さえ知らなかった。伝兵衛は用心深い男で、居所を自分の身辺にいるごく限られた子分たちにしか明かしていなかったのである。

牢人の浅野は、田原町の賭場に遊びにきている折、博奕に負けた男が暴れだしたのを斬《き》り伏せ、その腕を彦十郎に買われて用心棒になったという。伝兵衛の名は聞いていたが、彦十郎との関わりも知らなかった。

結局、賭場で捕らえた男たちから、駒形伝兵衛のことは聞き出せず、博奕の科だけで牢屋敷に送ることになった。

3

曇天《どんてん》だった。空は厚い雲におおわれ、縁先には深まった秋を感じさせる肌寒い風が吹いていた。

「今朝は、寒いですね」

髪結《かみゆ》いの登太《とうた》が、櫛《くし》を使いながら言った。

「雨でも、来そうだな」

長月隼人《ながつきはやと》が、空に目をやりながら言った。

隼人は、南町奉行所の隠密《おんみつ》廻り同心だった。八丁堀にある組屋敷の縁側に腰を下ろし、髪結いの登太に髪をあたらせていた。奉行所に出仕する前のいつもの日課である。

「長月さま、御番所（奉行所）の横山さまと山崎さまが、賭場を手入れなさったそうですね」

登太は、髷《まげ》の元結を結び直しながら言った。

「そうらしいな」

横山と山崎が、田原町の賭場を奇襲し、貸元以下多数の男を捕らえたのは、半月以上前のことだった。捕らえた男たちの吟味を終え、すでに主だった者たちは牢屋敷に送られていた。

隼人は、横山や山崎が駒形伝兵衛と呼ばれる大親分を探っていて、その倅である彦十郎を捕らえて伝兵衛の隠れ家を吐かせようとしたことを知っていた。

隼人は、彦十郎や伝兵衛の探索に加わっていなかった。隠密廻り同心は、町奉行から直接指図され、隠密裡《り》に動くことが多かった。そのため、博奕やならず者の探索、捕縛にはあまり手を出さなかったのである。

「町では、ちょっとした噂になってますよ」

登太が言った。

「何が噂になっているのだ」

「捕らえられた貸元が、すぐに牢死したそうで――」

「捕方に手向かって、傷を負ったせいらしいな」

「捕方が寄ってたかって貸元を殴り殺した、と噂する者がいるようですよ」

「うむ……」

殴り殺されたと言えないこともないが、彦十郎が捕方に抵抗したためにそうなったのであろう。

「貸元が若いせいもあって、死んだ者に肩を持つ者がいるんでしょうね」

登太は元結を結び終え、鬢《びん》に櫛をあてていた。

「……………」

隼人は苦笑いを浮かべただけで何も言わなかった。

「旦那、終わりましたよ」

登太が、隼人の肩にかけてあった手ぬぐいをはずした。

隼人が立ち上がり、両手を突き上げて伸びをすると、畳を踏む音がして縁側に面した障子があいた。

姿を見せたのは、おたえだった。隼人の妻である。

「旦那さま、そろそろ、お着替えを」

おたえが、大儀そうに言った。

そろそろ産み月らしく、傍目《はため》にも知れるほど腹が大きくなっている。

「休んでいろ。……支度の手伝いはいらぬ」

隼人が、いたわるように言った。

登太は素知らぬ顔で、髪結い道具を片づけている。

「冷たい風にあたって、風邪でもひいたらどうするのだ」

すぐに、隼人は座敷に入り、後ろ手に障子を閉めた。

「どうだ、おなかの子は？」

隼人が、おたえに身を寄せて小声で訊いた。

「元気ですよ。ときどき、おなかで暴れるんです。……ほら、また、動いた」

おたえが、腹に手を添えて言った。

「そうか、男の子かもしれんな」

隼人は目尻を下げて、膨らんだ腹をそっと指先で触れた。

おたえは嬉しそうに微笑《ほほえ》んで、隼人を見上げている。

ふたりにとって、待望の赤子だった。いっしょになって数年経《た》つが、子供ができなかった。ずっと赤子の誕生を待ち望んでいたのである。

「旦那さま、そろそろお支度を……」

おたえが、重ねて言った。

「おお、そうだ。……いつまでも、こうしてはおられんな」

町奉行所の同心の出仕は、五ツ（午前八時）ごろとされていた。そろそろ五ツになる。もっとも、隼人はあまり刻限を守らなかった。隼人は隠密廻り同心なので、役目柄隠密裡に動くことが多く、ときには出仕せずに直接、探索の場所に出かけることもあった。そのため、他の同心や与力も隠密廻り同心の出仕には、あまりうるさいことを言わなかったのだ。

隼人が乱れ箱に用意してある黒羽織を手にしたとき、廊下をせわしそうに歩く足音が聞こえ、母親のおつたが顔を出した。慌てた様子である。

おつたは、還暦に近い老齢で、皺《しわ》だらけの梅干のような顔をしていた。夫の藤之助《とうのすけ》が若いころ亡くなったせいもあって、歳よりもさらに老けて見えるが、口だけは達者である。

「は、隼人、金之丞《きんのじょう》どのが、みえてますよ」

おつたが、声をつまらせて言った。

天野《あまの》金之丞は、定廻り同心の天野玄次郎《げんじろう》の弟だった。隼人は、これまで天野といっしょに何度も事件の探索にあたったことがあり、昵懇《じっこん》の仲だった。組屋敷が近いこともあり、家族同士の付き合いもあった。

「何かあったのかな」

天野本人ではなく弟が来たことから考えて、何か事件があったとみていい。

「おまえに、知らせることがあるそうですよ」

おつたは、隼人にそう言うと、脇に立っているおたえに目をやり、

「おたえ、無理をしてはいけませんよ。……いまが、一番大事なときですからね」

と、目を細めて、猫撫《ねこな》で声で言った。

おたえが身籠《みご》もる前までは、嫁姑で啀《いが》み合うようなこともあったが、このところお

つたは態度を一変させ、宝物でも扱うようにおたえを大事にしている。おつたは隼人がおたえを嫁にもらったときから、孫の誕生を心待ちしていたのだ。おたえが身籠ったのを喜んだのは、おつたが一番かもしれない。

「は、はい、義母上《ははうえ》……」

おたえは、殊勝な顔をしてうなずいた。

隼人は、女ふたりをその場に残して戸口に向かった。

金之丞は、緊張した面持ちで戸口に立っていたが、隼人の顔を見ると、

「長月さま、事件です」

と、声高《こわだか》に言った。

「どうしたのだ」

「助八という御用聞きが、殺されたそうです」

金之丞によると、兄の天野は、金之丞に隼人に伝えるよう指示して、すでに現場に向かったという。

「御用聞きがな」

隼人には、それほどの事件《やま》とは思えなかった。天野が手札を渡している岡っ引きが殺されたのであっても、隼人の家に立ち寄る間を惜しんでまで、現場に急行せねばな

らないような事件ではない。

「兄の話では、助八は賭場の手入れに加わったひとりのようです」

金之丞が言った。

「なに、助八は田原町の手入れに加わったのか」

思わず、隼人の声が大きくなった。

「はい、兄は平六という小者が殺されたのと同じ筋ではないかと言ってました」

「そういうことか」

隼人は、天野が大きな事件と考えたわけがわかった。

五日前に、定廻り同心の山崎が使っている小者の平六が、何者かに斬り殺されたのだ。隼人は現場に行かなかったが、天野から話を聞いていた。平六は山崎に従って賭場の手入れに加わったひとりである。

その平六に続いて、賭場の手入れに加わった岡っ引きの助八が殺されたとなると、同じ筋と考えていいだろう。下手人《げしゅにん》は何者か知れないが、牢死した彦十郎や賭場で捕らえられた者たちと関わりがあるにちがいない。

……ふたりだけでは、すまないかもしれんぞ。

隼人の胸に強い懸念がよぎった。

賭場の手入れに加わった者たちは、殺された平六と助八の他にも大勢いる。捕方を指揮した同心の横山と山崎もそうである。その者たちに、さらに下手人の兇刃《きようじん》が向けられる恐れがあった。おそらく、天野も同じ思いを抱《いだ》いたのであろう。

「場所はどこだ」

隼人は、ともかく現場に行ってみようと思った。

「南八丁堀の中ノ橋の近くだそうです」

「近いな」

中ノ橋は、八丁堀にかかる橋である。その橋を渡った先が、南八丁堀だった。

金之丞は自分も同行したいような口振りだったが、家に帰した。町方同心でない者を事件の現場に連れていったら、天野が困惑するだろう。

隼人はいったん部屋に戻り、刀を帯びて戸口から飛び出した。

4

中ノ橋を渡り、堀沿いの道に目をやると、一町ほど先の京橋寄りに人だかりができていた。通りすがりの者が多いようだが、岡っ引きや八丁堀同心の姿も目についた。

八丁堀同心は小袖を着流し、羽織の裾を帯に挟む八丁堀ふうの格好をしているので、すぐにそれと知れるのだ。

隼人は、人だかりの方へ小走りに向かった。人垣のなかほどに、天野の姿があった。横山と山崎もいる。

隼人が人だかりの後ろまで来ると、天野が気づき、

「長月さん、ここへ」

と言って、手を上げた。

天野の脇に、横山と山崎が立っていた。

天野の声で、集まっていた野次馬たちが身を引いて道をあけた。八丁堀同心の隼人を通そうとしたのだ。

「見てください、死骸《ほとけ》を――」

天野が、足元に目を向けて言った。

天野は年下だということもあり、隼人に対する物言いは丁寧だった。横山と山崎の目も足元に向けられている。

足元の叢《くさむら》に、男がひとり仰臥《ぎようが》していた。どす黒い血が顔と胸のあたりを染めていた。目を瞠《みひら》き、口をあんぐり開いたまま死んでいる。凄絶《せいぜつ》な死顔である。

「死骸《ほとけ》は、助八かい」

隼人が死体に目をやりながら訊いた。

「はい」

「刀傷だな」

隼人は、助八の首の傷は刀によるものとみた。

「すると、下手人は武士ですか」

天野が訊いた。

「武士とみていいかもしれんな。……腕の立つ者が、正面から刀を横に払ったにちがいない」

隼人は、直心影流《じきしんかげりゅう》の遣い手だった。刀傷から、相手の腕のほどや太刀筋《たちすじ》を見抜く目を持っている。

そのとき、隼人と天野のやり取りを聞いていた山崎が、

「じ、実は、五日前に殺された平六にも、同じ傷があったのです」

と、顔をこわばらせて言った。山崎も若かったので、隼人に対する物言いは丁寧である。

山崎によると、平六は家の近くの浜町河岸《はまちょうがし》で殺されていたという。

「首を斬られていたのか」

隼人は、平六が殺されたことは知っていたが、傷のことまでは聞いていなかったのだ。

「は、はい……」

山崎が答えたとき、

「これは、仕返しだな」

と、横山が小声で言った。

「仕返しとは？」

隼人が訊いた。

「平六と助八の傷は、彦十郎と同じ首筋なのだ」

「なに！」

思わず、隼人は声を上げた。

「下手人は何者か知れぬが、仕返しのために同じ首筋を斬って殺したにちがいない」

「うむ……」

隼人も、横山の言うとおりだろうと思った。

「ともかく、近所で聞き込んでみよう。助八が殺されたところを見た者がいるかもしれない」

横山が、山崎と天野に、近くにいる手先を集めて聞き込みにあたらせてくれ、と頼んだ。隼人に声をかけなかったのは、隠密廻り同心ということで遠慮したらしい。

横山たち三人は、すぐに付近にいた手先たちに、近所の聞き込みにあたるよう指示した。その場にいた岡っ引きや下っ引き、それに三人の同心に仕える小者などが、その場から散っていった。

隼人は、その場から離れていく手先たちに目をやりながら、

……足取りが重い。

と、思った。それに、男たちの顔には、不安そうな色があった。平六と助八が続けて殺されたことで、次は自分ではないかという思いがあるのだろう。

いっとき、隼人は足元の死体に目をやっていたが、この場に残っていても仕方がないと思い、

「天野、おれも下手人を探ってみるよ」

と言い置いて、その場を離れた。

隼人はいったん八丁堀の組屋敷に戻り、羽織袴《はかま》に着替えてから神田紺屋町《こんやちょう》に足を向けた。八丁堀同心とわからないように身装《みなり》を変えたのである。

隼人の手先として長年事件の探索にあたっていた八吉《やきち》に、駒形伝兵衛のことを訊い

てみようと思った。伝兵衛について何か知っているはずである。八吉は、紺屋町に住んでいたのだ。

八吉は「鉤縄《かぎなわ》の八吉」と呼ばれる腕利《うでき》きの岡っ引きだったが、老齢を理由に隠居して、古女房とふたりで、豆菊《まめぎく》という小料理屋をやっていた。

鉤縄というのは、細引の先に熊手のような鉄製の鉤をつけた捕具である。逃げようとする相手に、鉤を投げつけて引っかけ、引き寄せて捕らえる。また、鉤を相手の顔面や頭に投げつけて斃《たお》すこともできた。

豆菊には、隼人が手札を渡している岡っ引きの利助《りすけ》もいた。子のなかった八吉が、手先に使っていた利助を養子にしたのである。

隼人は、八吉に話を聞いてから、利助に探索を指示してもいいと思っていた。

豆菊は紺屋町の表通りから、裏路地に入ったところにあった。狭い路地だが、人通りは多く、そば屋、飲み屋、小料理屋など飲み食いできる小体《こてい》な店が目についた。

豆菊の店先に、暖簾《のれん》が出ていた。隼人が店先に近付くと、なかから人声が聞こえた。客がいるようである。

5

隼人は、豆菊の暖簾をくぐった。

土間の先の小上がりに、客が三人いた。大工らしい男がふたり、それに若い職人ふうの男がひとり、酒を飲んでいた。

三人は隼人に目を向け、驚いたような顔をした。武士が店にくるのが、めずらしかったにちがいない。

「だれか、いないかな」

隼人は、奥に向かって声をかけた。

いま行きます、と奥で声がし、下駄の音とともにでっぷり太った女が姿を見せた。八吉の女房のおとよである。

「旦那、いらっしゃい」

おとよが、笑みを浮かべて言った。丸い大きな顔である。笑うと目が糸のように細くなり、お多福のようになる。

「八吉は板場かな」

奥の板場で、水を使う音が聞こえた。八吉が洗い物でもしているのかもしれない。

「八吉と一杯やりたいのだが、奥の座敷を使わせてもらっていいかな」

小上がりの先に、障子を立てた小座敷があった。事件の話をするときは、店の客に聞こえないように、小座敷を使わせてもらっていたのだ。

「あいてますから、使ってください」

すぐに、おとよは隼人を小座敷に連れていった。

隼人が小座敷に腰を落ち着けると、すぐに障子があいて八吉が姿を見せた。

「旦那、お久し振りで」

八吉が目を細めて言った。

八吉は、猪首《いくび》で背が低かった。小柄な割に顔が大きく、ギョロリとした目をしている。岡っ引きだったころは、その目に凄《すご》みがあり、気の弱い者は睨《にら》まれただけで身を竦《すく》ませたが、いまは何となく滑稽《こっけい》な感じを醸していた。笑って目を細めると、好々爺《こうこうや》然としたおだやかな顔になる。

「八吉、手はすいているか」

隼人は、店の都合で話は簡単に済ませようと思った。

「客は三人だけでしてね。おとよひとりで、何とかなりまさァ」

「それなら、座ってくれ」

「へい」

八吉は、顔の笑みを消して座敷に腰を下ろした。隼人が、事件の話で来たと察知したようである。

「訊きたいことがあるのだがな」

「なんです？」

「駒形伝兵衛という男を知っているか」

隼人が、声をひそめて伝兵衛の名を口にした。

「あっしらのような御用聞きで、伝兵衛の名を知らねえやつはいませんや」

八吉の顔が、険しくなった。

「南町奉行所の横山さんと山崎が、倅の彦十郎の賭場に手入れし、その後、彦十郎が牢死したことは？」

「そのことも聞いていやす」

「山崎の使っている小者の平六が、殺されたことは？」

「知っていやす」

「実は、昨夜《ゆうべ》だがな、御用聞きの助八が殺されたのだ。これで、賭場の手入れに加わった者がふたり、殺《や》られたことになる」

隼人は、平六と助八が、牢死した彦十郎と同じように首を斬られて死んでいたことを言い添えた。

「仕返しですかい」

八吉が声を大きくして訊いた。

「おれは、そうみている」

「……伝兵衛なら、やるかもしれねえ」

八吉が目をひからせて言った。腕利きの岡っ引きだったころを思わせる厳しい顔つきである。

「おれは、平六と助八だけじゃァすまずに、他の手先にも手を出すんじゃァねえかとみてるんだ」

隼人は、手先だけでなく、横山や山崎にも手を出すのではないかと睨んでいたが、そのことまでは口にしなかった。

「伝兵衛は、執念深い野郎だと聞いていやす。旦那のおっしゃるとおり、ふたりだけじゃァすまねえかもしれねえ」

八吉が低い声で言った。

「それで、このままにしておけねえと思ってな」

隼人がそう言ったとき、障子があいておとよが顔を出した。酒と肴《さかな》を運んできたらしい。おとよが膳を隼人の膝先《ひざさき》に置いて座敷から去ると、八吉が銚子を手にし、

「旦那、まァ、一杯」

と言って、隼人が手にした猪口《ちょこ》に酒をついでくれた。

隼人は、八吉に酒をついでもらって、いっとき喉《のど》を潤してから、

「おめえ、伝兵衛の塒は知るめえな」

と、伝法《でんぼう》な物言いで訊いた。

町奉行所の同心は、町のならず者や遊び人などと関わることが多く、どうしても言葉遣いが乱暴になるのだ。

「まったく、わからねえんでさァ。……塒どころか、手下もはっきりしねえ」

八吉によると、伝兵衛は表に顔を出さないばかりか、周辺にいる主だった子分も表に出さないようにしているという。

「……だが、なんとかしねえとな。このままでは、南町《みなみ》奉行所の顔も立つまい」

「旦那、利助を使いやすか」

八吉が訊いた。

「利助は店にいないようだが、出かけたのか」

「へい、綾次《あやじ》を連れて、平六が殺された浜町河岸に行ってまさァ」

綾次は、利助が使っている下っ引きだった。事件の探索にあたっていないときは、綾次も豆菊を手伝っている。

「聞き込みでもやっているのか？」

隼人が訊いた。

「今度の事件《やま》はでけえ、長月の旦那に指図されてからじゃァ遅《おせ》え、なんて生意気なことを言いやしてね。朝から出かけたんでさァ」

八吉が口許《くちもと》をゆるめて言った。

「おれが、指図するまでもねえってことかい」

隼人は苦笑いを浮かべたが、すぐに表情を険しくして言った。

「八吉、おめえにゃァわかっていると思うが、今度の事件《やま》は迂闊《うかつ》に動くとあぶねえ。下手人はわからねえが、探っていると知れれば、町方も狙ってくるぞ」

「……承知してやす」

八吉が顔をひきしめて言った。

「ふたりに、御用聞きとわからねえように探れ、と念を押しておいてくれ」

「へい」

それからは、隼人は半刻(一時間)ほど酒を飲み、

「また、寄らせてもらうぜ」

と言い置いて、腰を上げた。

店の外に出ると、曇天のせいか、夕暮れ時のように薄暗かった。それでも、西の空に晴れ間があり、しだいに晴れてくるような雲行きだった。

6

町筋が、急に薄暗くなった。雲間から出ていた陽《ひ》が、厚い雲のなかに入ったせいである。左手に大川の川面《かわも》がひろがり、滔々《とうとう》とした流れが新大橋の彼方《かなた》の江戸湊《みなと》まで続いている。猪牙舟《ちょきぶね》、茶船、屋根船などが行き交い、遠方の江戸湊の海原には、品川沖へ向かう白い帆を張った大型廻船がちいさく見えた。

山崎は岡っ引きの松造と下っ引きの盛助《もりすけ》を従えて、新大橋近くの大川端を歩いていた。右手に、大名の下屋敷や中屋敷が続き、左手が大川である。

山崎は市中の巡視を終えて、八丁堀へ帰るところだった。これまでは、小者の平六も供《とも》に連れていたのだが、殺されたために今日の供はふたりだけである。

人通りはすくなかった。ときおり、風呂敷包みを背負った行商人や供連れの武士などが、通りかかるだけである。

「旦那、後ろの二本差ですがね。薬研堀《やげんぼり》あたりから、ずっと跡を尾《つ》けてきやすぜ」

松造が、山崎に身を寄せて言った。松造は、賭場の手入れのときに見張り役をした男である。

「うむ……」

山崎も気づいていた。

武士は網代笠《あじろ》をかぶり、小袖にたっつけ袴姿だった。御家人や江戸勤番の藩士には見えない。

山崎の胸に、平六を斬殺《ざんさつ》した下手人のことがよぎったが、ただ、相手はひとりだった。それに、身を隠す様子もなく、道のなかほどを堂々と歩いてくる。

……通りすがりの者だろう。

と、山崎は思った。

山崎は歩調も変えずに、大川端の道を川下に向かって歩いた。

新大橋が前方に迫ってきたとき、橋のたもと近くに武士と町人の姿が見えた。ふたりは、大川端の道を川上に向かって歩いてくる。

大柄な武士だった。羽織袴姿で網代笠をかぶり、大小を腰に帯びている。その脇に町人の姿があった。町人は縞柄《しまがら》の着物を裾高に尻っ端折りし、股引に草鞋履きだった。手ぬぐいで頬《ほ》っかむりしている。

ふたりは、足早に山崎たちに近づいてきた。

……おれたちを襲う気か！

と、山崎は胸の内で叫んだ。前から来るふたりの身辺に、殺気があるような気がしたのである。

「だ、旦那、後ろのやつが、走って来やす！」

松造が、声を詰まらせて叫んだ。

見ると、背後から来る武士が小走りになっていた。左手で刀の鍔元《つばもと》を握り、前屈《まえかが》みの格好で山崎たちに迫ってくる。その姿は、獲物に迫る野獣のようだった。

「前からも来やす！」

盛助がひき攣ったような声を上げた。

前から来る武士と町人も、小走りになっていた。

……挟み撃ちだ！

山崎は察知した。

一瞬、山崎は凍りついたように身を硬直させ、その場に棒立ちになったが、

……このままでは殺《や》られる！

と、思い、周囲に目をやった。

だが、逃げ場はない。前からふたり、後ろからひとり――。右手には大名屋敷の築地塀が続き、左手は大川である。

「だ、旦那ァ！」

松造が身を顫《ふる》わせて、山崎の脇にまわり込んできた。

盛助は、その場に突っ立ったまま動かなかった。身がすくんで、咄嗟《とっさ》に動けなかったらしい。

「川岸に寄れ！」

山崎が叫んだ。

川岸を背にして背後からの攻撃を避け、何とか三人の襲撃に耐えようとした。うまく供連れの武士でも通りかかれば、助けてくれるかもしれない。

山崎は川岸を背にして立つと、長脇差を抜いた。松造と盛助も十手を取り出したが、恐怖で十手がワナワナと震えている。

ふたりの武士と町人は走り寄ると、川岸に立った山崎たちを三方から取り囲むよう

に歩を寄せてきた。

山崎の前に、背後から近づいてきた武士が立った。中肉中背だったが、胸は厚く、腰がどっしりと据わっている。網代笠をかぶったままだった。人相はわからなかったが、唇が薄く、顎《あご》がとがっているのが見てとれた。

松造には大柄な武士が相対し、盛助の前には町人が立った。

「うぬら、何者だ！」

山崎がうわずった声で誰何《すいか》した。

「仇《かたき》討ちにきた」

中背の武士が、くぐもった声で言った。

「仇討ちだと！」

「そうだ」

「…………！」

平六と助八を殺したのも、この者たちであろう。

「お、おのれ！」

山崎は長脇差を構えた。

中背の武士も刀を抜いた。

ふたりの間合は、およそ三間《けん》半。まだ、一足一刀の斬撃の間境《まざかい》からは遠かった。

中背の武士は、低い八相《はっそう》に構えた。奇妙な構えである。刀の柄《つか》を右肩近くにとり、刀身を横に寝かせていた。通常の八相の構えから、刀身を右手に寝かせたような構えである。山崎は青眼《せいがん》に構え、切っ先を武士の目線の高さに向けた。その切っ先が、波打つように揺れている。真剣勝負の恐怖と気の昂りで、体が顫えているのだ。

「ヒリュウ……」

中背の武士がつぶやくような声で言った。

……ヒリュウ。

山崎は、何のことかわからなかった。

「いくぞ！」

中背の武士は、足裏を摺《す》るようにして間合をつめてきた。山崎の目に、武士の横に寝かせた刀身が、長い薙刀《なぎなた》のように見えた。

山崎は後じさった。武士の威圧で腰が浮き、対峙《たいじ》していられなかったのである。

だが、すぐに踵が川岸に迫った。足元から、汀《みぎわ》に打ち寄せる川波の音が地鳴りのように聞こえてくる。

中背の武士は、寄り身をとめなかった。ジリジリと斬撃の間境に迫ってくる。

ギャッ！　という絶叫が、聞こえた。松造が身をのけ反らせ、泳ぐようによろめいた。大柄な武士に斬られたようだ。

そのとき、中背の武士の全身に斬撃の気が走った。

刹那《せつな》、武士の体が膨れ上がったように見え、右手に向けられた刀身がきらめいた。

……くる！

山崎が感知し、刀身を振り上げた。咄嗟に、武士の斬撃を受けようとしたのだ。

閃光《せんこう》が袈裟《けさ》に走り、シャッという刀身の擦《こす》れる音がして、青白い火花が刀身に沿って走った。

次の瞬間、山崎の刀身が斜《はす》に払い落とされた。武士が山崎の刀を払い落としたのである。と、武士の二の太刀が、横一文字に走った。

迅《はや》い！

袈裟から横一文字に、神速の太刀捌《さば》きである。

咄嗟に、山崎は後ろに上体を倒した。頭のどこかで、首を刎《は》ねられると感知し、体が反応したのだった。

山崎の右肩に衝撃が走った瞬間、体が空へ飛んだ。後ろに上体を倒したとき、足が川岸を越えて落下したのである。

バシャッという大きな水音がし、川面に水飛沫《みずしぶき》が上がった。

一瞬、山崎は何が起こったか、わからなかった。気がついたときは、川面から顔を突き出し、無我夢中で手足を動かして水を掻《か》いていた。

川底に足がついた。山崎は、水を掻く手をとめた。

それほど深くはない。山崎の胸ぐらいの水深である。ただ、流れは強く、どうにも流されるしかなかった。

「あそこだ！」

町人が叫んだ。

どうなったのか、松造と盛助の姿は見えなかった。すでに殺されたのかもしれない。

山崎は川底を蹴るようにして川下に向かった。

「追え！　逃がすな」

大柄な武士が叫び、山崎に目を向けながら岸際を小走りに川下に向かった。町人と中背の武士も、追ってくる。

三人は、山崎が岸へ上がったところを仕留めるつもりらしい。

そのとき、上流から猪牙舟が下ってきた。船頭が艫《とも》に立ち、櫓《ろ》を握っている。空舟《からぶね》らしい。川のなかにいる山崎に、気づいていないようだ。

「助けてくれ！」

　山崎が叫んだ。

　船頭は、突然、川面で聞こえた山崎の声に驚いたようだった。握った櫓を放し、身を乗り出すようにして山崎に目を向けた。

「ひ、引き上げてくれ。……八丁堀の者だ」

　山崎が、舟の方に近づきながら言った。

「は、八丁堀の旦那ですかい！」

　船頭は、慌てて櫓を握り、船縁《ふなべり》を山崎に寄せると、

「縁を摑んでくだせえ」

　と、叫んだ。

　山崎が必死になって船縁に摑まると、船頭は艫から離れ、山崎の手を取って引き上げた。

　船底に横になった山崎は、

　……助かった！

　と、荒い息を吐きながら思った。

　だが、右の肩から胸にかけて強い痛みを感じた。着物の裂け目から、傷口が見えた。

肩先から胸にかけて横に斬り裂かれていた。傷口から、血が迸るように流れ出ている。

山崎は裂けた袖を傷口に押し当てると、

「船頭、八丁堀の近くまで舟をやってくれ」

と、頼んだ。

それほどの深手とは思えなかったが、出血が激しかった。早く血を止めねば、命に関わるかもしれない。

7

「どうだ、傷は？」

隼人が、山崎に訊いた。

八丁堀にある山崎の住む組屋敷だった。この日、隼人は巡視を終えて八丁堀に戻った天野とふたりで、山崎家を訪ねたのだ。

山崎と手先が、三人の男に襲われた三日後だった。隼人は、山崎がすこし落ち着いてからと思い、今日にしたのだった。

山崎は夜具《やぐ》の上に横になり、肩から胸にかけて晒《さらし》を分厚く巻いていた。その晒に黒ずんだ血の色がある。

「たいした傷ではないのですが、登庵《とうあん》先生に、傷口がふさがるまで寝ているように強く言われたもので……」

山崎が決まりの悪そうな顔をして言った。

登庵は八丁堀に住む町医者だった。八丁堀同心の家族は病気や怪我の折、登庵に診《み》てもらうことが多かった。

「まァ、しばらく、安静にしていることだな」

隼人も、傷口がふさがるまでは、動きまわらない方がいいと思った。

「……無念です。いっしょにいた松造と盛助は、斬り殺されたそうです」

山崎が苦悶《くもん》に顔をしかめ、絞り出すような声で言った。

昨日横山が家に来て、松造と盛助が大川端で斬り殺されていたことを話したという。

「そのようだな」

隼人も、山崎の手先がふたり斬り殺されたことは知っていた。天野から話を聞いていたのだ。天野は、一昨日《おととい》、横山といっしょに大川端に出かけて、松造と盛助の検屍をしていた。

「それがしだけが助かって……」

山崎が無念そうに言った。

「大川に落ちたそうだな」

「は、はい……」

山崎が、敵の斬撃をかわそうとして後ろへ下がった拍子に、川岸から落下したことを話した。

「襲ったのは、三人と聞いているが？」

「はい、薬研堀あたりから、尾けてきまして――」

山崎は、そのときの様子をかいつまんで話した。

「武士がふたりに、町人がひとりか」

「はい」

「ふたりに見覚えは？」

「ありません。ふたりとも網代笠をかぶっていたので、顔が見えなかったのです」

山崎はふたりの武士の体つきや身装《みなり》を話してから、

「それがしには、中背の武士が刀を向けました」

と、険しい顔をして言った。

「山崎に切っ先を向けたのは、ひとりか？」

隼人が驚いたような顔をした。三人で襲っていながら、八丁堀同心の山崎に向かってきたのは、ひとりだという。

「はい、ひとりです」

「よほど、腕に自信があったのだろうな」

「奇妙な構えをとりましたが……」

「どんな構えだ？」

隼人は、武士の構えに興味を持った。

天野は黙って、隼人と山崎のやり取りを聞いている。

「八相ですが、刀身を横に倒して……」

そう言って、山崎は身を起こそうとしたが、痛そうに顔をゆがめてまた横になってしまった。身を起こして、構えを真似《まね》ようとしたらしい。

「寝たまま話してくれ。……八相から、刀身を横に寝かせたのだな」

隼人が訊いた。

「そうです。そのとき、武士がヒリュウと口にしましたが……」

「ヒリュウだと？　何のことだ」

「それがしにも、わかりませんが、構えをとった後なので、構えの名かと思いましたが」

「ヒリュウの構えか」

隼人は聞いた覚えがなかった。ただ、構えの名ではなく、刀法の名とも考えられる。いずれにしろ、隼人の知っている流派に、ヒリュウなる構えも刀法名もなかった。

「その構えから、どう斬ってきた」

「袈裟に斬り込んできました」

山崎は、刀の擦れるような音がしたことと、火花が散って自分の刀が払い落とされたことを話した。尋常な剣ではないらしい。

「火花がな。……それで、どうした？」

「太刀筋はよくわかりませんでしたが、二の太刀を横に払ったようです。後ろに跳ばなければ、首を落とされていたかもしれません。……咄嗟に、後ろに跳んだので、川岸から落ちたのです」

山崎の声が昂っていた。武士と闘ったときのことが、蘇《よみがえ》ってきたのであろう。

「遣い手のようだ」

そう言って、隼人が口をつぐんだとき、

「いっしょにいた大柄な武士と町人も、腕が立つようですよ」

と、天野が口をはさんだ。

天野によると、松造と盛助は一太刀で仕留められていたという。ただ、盛助を斬った男は町人であり、盛助の首に残った傷からみて匕首《あいくち》を遣ったらしいと話した。

「徒牢人《いたずらろうにん》や遊び人とはちがうようだな」

三人の正体は知れないが、殺し慣れた者たちらしい、と隼人は思った。

それから小半刻（三十分）ほど、田原町の賭場の手入れの様子や捕らえた男たちの吟味のことなどを山崎から聞いた後、

「ともかく、しばらく安静にしていることだな」

と、隼人が言い置いて、腰を上げた。

ふたりが山崎家から出ると、同心の組屋敷の続く通りは濃い夕闇に包まれていた。組屋敷から、淡い灯が洩れている。

隼人と天野は、自分たちの家のある方へ足を向けた。

「天野、此度《こたび》の事件は、これまでと様子がちがうようだぞ」

隼人が、低い声で言った。

「…………！」

天野の顔が険しくなった。

「賭場の手入れに関わった者たちを、次々に襲っている。……御用聞きだけでなく、

八丁堀同心までな」

「探索の手から逃れるためでしょうか」

天野が言った。

「それもあるだろうが、それだけではないな」

探索から逃れるための殺しにしては執拗《しつよう》過ぎる、と隼人はみていた。そもそも山崎たちの探索の手が、下手人たちに迫っていたわけではないのだ。

「これからも、町方同心や御用聞きたちを狙ってくるでしょうか」

「来るな。……次に狙われるとすれば、横山さんだな。その次は、天野やおれだ」

横山さんは、自分の命が狙われているとすでに気づいているだろう、と隼人は思った。

「早く下手人たちを捕らえねばなりませんね」

天野が顔を険しくして言った。

「こっちが殺られる前にな」

そう言って、隼人は夕闇に包まれた同心たちの組屋敷に目をやった。

第二章　駒形伝兵衛

1

隼人が南町奉行所の同心詰所で茶を飲んでいると、中山次左衛門《なかやまじざえもん》が姿を見せた。中山は、南町奉行、筒井紀伊守政憲《つついきいのかみまさのり》に長年仕えている家士《かし》である。中山は還暦を過ぎた老齢だが、矍鑠《かくしゃく》として姿勢や物言いも老いを感じさせなかった。

中山は同心詰所に入ってくると、隼人に身を寄せ、

「長月どの、お奉行がお呼びでございます」

と、小声で言った。詰所には他の同心もいたので、聞こえないように気を遣ったらしい。

「お奉行は、お屋敷に？」

隼人が訊いた。奉行の役宅は、奉行所の裏手にあった。

「お屋敷で、お待ちでござる。すぐに、同行していただきたいが」

今月は南町奉行が月番なので、四ツ（午前十時）までに、登城しなければならない。その前に、隼人と会うつもりらしい。

隼人はめずらしく早く来たので、五ツ（午前八時）を過ぎたばかりであろう。それでも、奉行には時間がないはずだ。

「すぐ、まいります」

隼人は腰を上げた。

中山は、隼人を役宅の中庭に面した座敷に連れていった。筒井が隼人と会うときに使っている座敷である。

隼人が座敷に座していっときすると、廊下をせわしそうに歩く足音がし、障子が開いて筒井が姿を見せた。

筒井は、小紋の小袖に角帯姿だった。隼人との話が終わってから、裃《かみしも》に着替えるつもりなのだろう。

筒井は慌ただしそうに座敷に入ってきて、隼人と対座すると、

「挨拶はよいぞ。これから、登城せねばならんのでな」

そう言って、隼人が挨拶をしようとするのを制した。

「長月、定廻りの山崎が何者かに襲われ、深手を負ったそうだな」

すぐに、筒井が切り出した。急いではいたが、物言いは静かだった。筒井の身辺には壮年の落ち着きと奉行らしい威厳がある。

「はい」

おそらく、筒井は内与力の坂東繁太郎《ばんどうしげたろう》から聞いたのであろう。内与力は奉行の家士のなかから選ばれ、奉行の秘書のような役割を果たす。筒井は、奉行所内の出来事や市井の事件などを坂東から聞くことが多いようだ。

「それに、同心の手先が何人も斬り殺されているというではないか」

さらに、筒井が言った。

「いかさま」

「下手人は、知れているのか」

「それが、まだ……」

「坂東がいうには、早く下手人を捕らえねば、さらに犠牲者が出る恐れがあるとのことだが、どうなのだ」

筒井が隼人を見すえて訊いた。その双眸《そうぼう》には、いつになく鋭いひかりがあった。筒井もやはり尋常な事件ではない、とみているようだ。

「その恐れはございます」

隼人は否定しなかった。

筒井は隼人を見つめたまま、いっとき口を閉じていたが、

「長月、探索にかかれ」

と、静かだが、重い響きのある声で言った。

「心得ました」

隼人は、すぐに答えた。筒井に呼ばれたときから、此度の事件の探索を命じられるとみていたのである。

「長月、坂東の話では、山崎と手先を斬った下手人は、武士らしいということだが、まちがいないのか」

筒井が念を押すように言った。

山崎の話では、ふたりが武士、ひとりが町人とのことだった。

「それがしも、武士とみております」

「腕が立つのか」

「かなりの遣い手のようです」

「手に余らば、斬ってかまわんぞ」

本来、町奉行所の同心は、下手人を殺さずに生け捕りするのが任務だった。そのた

め、捕物に関わることの多い定廻りや臨時廻りの同心は、刃引《はびき》の長脇差を腰に差している者が多かった。ただ、下手人が抵抗し、刃物を振り回したりする場合は、手に余った、と称して、斬り殺すこともある。

筒井は、下手人が武士と思われる場合、隼人にいざというときは斬ってもよい、と口にすることが多かった。

筒井は、隼人が直心影流の遣い手と知っていて、それでもなお己の身が危ういようなときは、斬ってもよい、と許しを与えたのだ。隼人の身を案じてのことである。

「過分なるご配慮、痛み入ります」

隼人は、深く低頭した。

隼人は南町奉行所を出ると、八丁堀の組屋敷に戻り、羽織袴に着替えてから神田紺屋町に足を向けた。利助と綾次に会って、直接事件の探索を指図するためである。それに、利助に話して繁吉《しげきち》と浅次郎《あさじろう》を呼び、ふたりにも探索を指示するつもりだった。繁吉は隼人が使っている岡っ引きで、浅次郎は繁吉の下っ引きである。

隼人は利助がいなければ、深川今川町の船宿で船頭をしている繁吉のところまで、足を延ばしてもいいと思っていたが、幸い利助と綾次は豆菊にいた。

隼人は八吉に話して奥の座敷に利助と綾次を呼び、

「利助、定廻りの山崎が襲われたのを知っているか」

と、切り出した。

「知っていやす。松造親分と盛助が殺られたそうで」

利助がうわずった声で言った。

綾次も、緊張した面持ちで隼人に顔を向けている。

利助は二十代半ば、綾次はまだ二十歳前である。

「ふたりとも、八吉から話を聞いてると思うが、あらためて探索を頼みてえんだ」

隼人は、あえてくだけた物言いをした。

「旦那、あっしも綾次も、そのつもりでいやしたぜ」

利助が言うと、綾次もうなずいた。

「よし。まず、牢死した彦十郎の身辺を探ってくれ」

隼人が、声をあらためて言った。

「死んじまったやつを、洗うんですかい」

「そうだ。彦十郎の子分、それと、情婦《おんな》を突き止めてくれ。……何か手がかりがみつかるはずだ」

隼人は、彦十郎の身近にいた子分や情婦なら、山崎と手先を襲った三人について知っているとみていた。

「わかりやした」

利助が言った。

「利助、綾次、御用聞きと知れねえように探るんだぞ。山崎たちを襲ったやつらに知れると、命はないからな」

脅しではなかった。山崎たちを襲った三人が探られていることに気づけば、ただちに命を狙ってくる、と隼人はみていた。

「へ、へい」

利助と綾次は、顔をひきしめてうなずいた。

「それからな、繁吉に会って、おれのところに顔を出すように伝えてくれ」

これまでも、繁吉は隼人から指示があったときだけ、探索に加わっていたのである。

「承知しやした」

利助が声を大きくして言った。

2

「旦那さま、今日も遅いんですか」

おたえが、心配そうな顔をして隼人に訊いてきた。

ここ何日か、隼人は探索にあたっていたこともあって、帰りが遅くなった。それに、山崎が大川端で襲われ、あわや命を落としそうになったことは、八丁堀の同心の間に知れ渡り、おたえの耳にも入っていたのだ。それで、余計心配になったらしい。

「おたえ、おれのことより、おまえだ。……心配したり気を揉《も》んだりすると、お腹《なか》の赤子にも、よくないぞ」

隼人は、安心させるように顔に笑みを浮かべて言った。

おたえは色白でぽっちゃりした顔をしていたが、近ごろ顔の肉が落ちてやつれたように見えた。その分、腹がせり出したように大きくなっている。

「いいか。おれのことは心配しなくていいから、早く休むのだぞ」

隼人は、おたえに送らなくてもいいと言い置き、刀を手にして戸口に向かった。これから、奉行所へ出仕するつもりだった。

隼人は、戸口で刀を腰に差した。隼人の刀は刃引の長脇差でなく、愛刀の兼定《かねさだ》である。兼定は刀鍛冶《かじ》の名で、関物《せきもの》と呼ばれる大業物《おおわざもの》を鍛えたことで知られる名匠である。

隼人の兼定も切れ味が鋭く、実践的で豪壮な感じがする。刀身が二尺三寸七分、身《み》幅《はば》の広い剛刀だった。

戸口の脇で、小者の庄助《しょうすけ》が挟み箱を担いで待っていた。庄助は長年隼人に仕えている小者で、奉行所に出仕するときは供につくことが多かった。

「おたえさま、もうそろそろですね」

庄助が、小声で言った。口許に笑みが浮いている。おたえの出産が間近だと知っているのだ。

「そうだな」

「旦那、やっぱり男児《おとこのこ》が望みなんでしょう」

木戸門から路地に出ながら訊いた。

「まァな」

隼人は男児が欲しかった。家を継ぐこともあるが、いまは母親のおつたと嫁のおたえとの三人暮らしである。そこへ娘が加わったら、隼人は女だけに囲まれて暮らすことになるのだ。

そんなやり取りをしながら、隼人が路地を歩きだしたとき、

「旦那、利助さんのようですぜ」

庄助が前方を指さして言った。

見ると、利助がこちらに小走りにやってくる。

「何かあったようだな」

隼人も、すこし足を速めた。

利助は隼人に近づくと、

「だ、旦那、彦十郎の情婦《おんな》が知れやしたぜ」

と、息を弾ませながら言った。顔が紅潮し、額《ひたい》に汗が浮いている。よほど、急いできたらしい。

「知れたか」

「へい、浅草の東仲町で、淀川屋《よどがわや》という料理屋の女将《おかみ》をやっていやす」

東仲町は、浅草寺《せんそうじ》の門前に広がり、料理屋、料理茶屋、遊女屋などが軒を並べる繁華街があることで知られていた。

「綾次はどうした?」

利助の下っ引きの綾次の姿がなかった。

「今川町の親分と、淀川屋の近くにいやす」

今川町の親分とは、岡っ引きの繁吉のことである。

利助によると、繁吉たちは店から離れたところにある稲荷にいるそうだ。そこから交替で店の前を通り、様子をみているという。淀川屋の近くには、店先を見張れるような場所はないらしい。

「この先どうするか、旦那の指図を待ってるんでさァ」

利助が言った。

「よし、行ってみよう」

隼人は、淀川屋を自分の目で見たいと思った。どうするか決めるのは、その後である。隼人はいったん組屋敷にもどり、羽織袴姿に着替えた。八丁堀同心と知れる格好で淀川屋の近くをうろついていれば、店を探っていると知らせてやるようなものである。

「あっしも、お供しやしょう」

庄助はその気になっているらしく、挟み箱を担いでいなかった。隼人の家の台所にでも置いてきたのだろう。

「庄助、おれは御家人ということにするからな」

隼人が、釘《くぎ》を刺した。八丁堀同心と手先であることが知れるようなやり取りは、避けねばならない。

「承知しやした」

庄助が、声を大きくして言った。

浅草に向かいながら、隼人は淀川屋について聞き込んだことを利助に訊いてみた。

利助によると、淀川屋はそれほど大きくはないが、小洒落《こじゃれ》た店で盛っているらしいという。女将の名はお峰《みね》。色白の年増《としま》だそうだ。彦十郎は、ふだん淀川屋の旦那としてふるまっていたという。

「お峰が、彦十郎の情婦だとよくわかったな」

「今川町の親分にも浅草に来てもらい、四人で聞き込んだんでさァ」

利助、綾次、繁吉、浅次郎の四人は、浅草の町に散って聞き込み、淀川屋を贔屓《ひいき》にしている男から女将が彦十郎の情婦らしいことを耳にしたという。

「ところで、彦十郎は前から淀川屋の旦那だったのか」

隼人が声をあらためて訊いた。

「そのあたりのことは、まだ、わからねえんで」

利助たちは、町方であることがばれないように彦十郎自身のことはあまり探らなかったという。

「ともかく、淀川屋を見てみよう」

そんなやり取りをしながら歩き、隼人たちは浅草、東仲町に入った。

繁吉たちのいる稲荷は、東仲町の表通りから細い路地を数町歩いた先にあった。その辺りには料理屋や料理茶屋などはなく、小体《こてい》な魚屋や八百屋など、暮らしに必要な物を商う店が多かった。

稲荷の境内に、綾次、繁吉、浅次郎の三人がいた。そこは稲荷の境内といっても、古い祠のまわりに数本の椿や樫などの常緑樹が植えてあるだけだった。

「ご苦労だな」

隼人は、綾次たち三人に声をかけた。

「旦那、どうしやすか」

繁吉が訊いた。

「そうだな。ともかく、淀川屋を見てからだが、近所で聞き込んでもらうかな。店の奉公人のなかに、やくざ者はいねえか……。それに、彦十郎はいつから淀川屋のあるじに収まったのかも、知りてえな」

彦十郎が淀川屋を始めたとは思えなかったし、親から店を継いだのであれば、その親が駒形伝兵衛ということになりそうだ。

「承知しやした」

繁吉が言うと、利助と綾次もうなずいた。

「くれぐれも御用聞きだと知れねえようにやれよ。淀川屋の客でも装って、それとなく訊くんだぞ」

隼人が念を押すように言った。

3

利助が通りの隅に足をとめ、

「旦那、あれが淀川屋ですぜ」

と言って、斜向かいにある料理屋を指さした。

二階建ての店で、老舗《しにせ》の料理屋らしい雰囲気がある。若い彦十郎が始めた店でないことは、一目で知れた。

「盛っているようだな」

まだ、八ツ（午後二時）ごろだったが、客が大勢いるらしく、二階の座敷から嬌声《きょうせい》や男の哄笑《こうしょう》などが聞こえてきた。

「利助、綾次とふたりで聞き込んでみてくれ。おれも、近所で訊いてみる」

隼人は、利助の脇に立っている綾次に目をやって言った。

ここへ来る途中で、別々に聞き込むことは、利助に話してあった。繁吉と浅次郎も、別行動をとっている。隼人は連れだって淀川屋のことを訊きまわって、町方同心と知れることを避けたのだ。

「へい、それじゃァ、陽が沈むころに稲荷に行きやす」

そう言い残し、ふたりはその場を離れた。

隼人たちは陽が沈むころまた稲荷に集まり、聞き込んだことを知らせあうことにしていた。

……さて、どこで訊いてみるかな。

隼人は、表通りに目をやった。

賑やかな通りである。料理茶屋、料理屋、遊女屋、置き屋などが軒を連ね、大勢の参詣客や遊山《ゆさん》客などが行き交っている。

通りに目をやったが、立ち寄って話を聞けそうな店はなかった。かといって、参詣客や遊山客などをつかまえて訊くわけにもいかない。

隼人は、通りをぶらぶら歩いた。しばらく歩くと、料理屋の脇に小体な紅屋《べにや》があった。店先に、貝殻や焼き物の小皿に塗った紅が並べてある。店先にいる町娘が、貝殻を手にした年増と何か話している。紅を買っているらしい。年増は店のおかみだろう。

その町娘が店先から離れたのを見て、隼人は紅屋に足を向けた。

「この店の者かな」

隼人が年増に声をかけた。商売柄なのか、子持縞の着物を粋に着こなした色っぽい女である。

「そうですけど……」

年増が訝《いぶか》しそうな顔をした。隼人の姿を見て、紅屋に来るような男ではないと思ったのだろう。

「手間を取らせてすまないが、ちと、訊きたいことがあってな」

「何ですか」

「この先に、淀川屋という料理屋があるな」

「ございますが」

「じ、実は、淀川屋で何度か飲んだことがあってな。……女将のお峰を贔屓にしていたのだが、旦那がいると聞いて諦《あきら》めていたのだ」

隼人は、わざと声を詰まらせ、恥ずかしそうな顔をして見せた。

「まァ、お武家さまが……。それで、何をお訊きになりたいんです？」

年増の口許に笑いが浮き、隼人のそばに二、三歩近づいてきた。こうした話が好きらしい。

「お峰の旦那が、亡くなったと聞いてな。……これでお峰も、独り身になったわけだ」

隼人は声をひそめて言った。

「そうですね」

年増の顔から笑いが消えた。おそらく、彦十郎が賭場の手入れで捕らえられ、牢死したことを知っているのだろう。

「たしか、旦那は彦十郎さんとかいったな。まだ、若いようだったが……。淀川屋のあるじになって長いのかい」

それとなく、隼人が訊いた。

「いえ、三年ほど前ですよ」

「三年前か……。すると、彦十郎さんは、淀川屋のあるじだった親の跡を継いだわけだな」

「ちがいますよ。三年前に、彦十郎さんが、淀川屋さんを居抜きで買い取ったんです」

「居抜きで買い取ったと？」

隼人は驚いたような顔をして見せた。

「そうなんです。淀川屋のあるじは仙右衛門《せんえもん》という方だったんですけどね。借金がかさんで、店を手放したようですよ」

年増は、通りに目をやりながら声をひそめて言った。

「店がうまくいかなかったのか？」

「そうじゃァないんです。…大きな声では言えませんが、仙右衛門さん、博奕好きだったらしくてねぇ……」

年増は、語尾を濁した。

隼人はすぐに事情を察知した。仙右衛門は彦十郎が開いていた賭場に通い、負けが込んで貸元の彦十郎に金を借り、その借金の形《かた》に淀川屋をとられたのであろう。

「お峰だがな、彦十郎とは、どこで知り合ったのだ」

隼人は、話題を変えた。

「詳しいことは知りませんけど、彦十郎さんが、淀川屋のあるじに収まったとき、連れてきたようですよ」

「そうか。……ところで、店の奉公人だがな」

そう言って、隼人がさらに訊ねようとしたとき、店先に町娘がふたり近寄ってきて、並べてある紅を手に取った。

「いらっしゃい」

年増は、すぐに隼人の前から離れ、ふたりの町娘のそばにいった。

しかたなく隼人は通りに出て、ふたたび話の聞けそうな店を探した。それから、三軒立ち寄って話を聞いたが、新たなことは知れなかった。

陽が西の家並に沈んだので、隼人は稲荷に戻った。繁吉と浅次郎は稲荷にいたが、利助たちはまだだった。それでも、いっときすると、利助たちも稲荷に戻ってきた。

隼人たちは、紺屋町に向かって歩きながら話した。今夜は、利助や繁吉たちと豆菊で一杯やろうと思ったのである。

繁吉たち四人は、淀川屋からすこし離れた通りで聞き込んでいたらしかった。繁吉たちが口にしたことは、年増の話とあまり変わらなかったが、利助が、淀川屋には彦十郎の子分らしい男が三人残っていることを聞き込んできた。

「包丁人の利根次《とねじ》、それに、若い衆の猪吉《いきち》と治助《じすけ》でさァ」

利助が聞き込んだ話によると、その三人は、彦十郎が淀川屋のあるじに収まったときに連れてきた男だという。それに、生前、彦十郎はどこかに出かけるとき、かならず三人のうちのひとりは連れていき、いつも身辺に置いていたそうだ。

「用心棒役だな」

隼人が言った。

「そのようで──」

「ようやく様子が知れてきたな」

隼人は、女将のお峰と奉公人の三人を捕らえて自白させる手もあると思った。

4

「長月さん、淀川屋に踏み込みますか」

天野が、隼人を見つめて言った。

隼人が、利助や繁吉たちを使って聞き込んだことを、天野にひととおり話した後である。ふたりは、亀島川の河岸通りにいた。そこは、八丁堀にある組屋敷から近く、ふたりは川岸沿いの道を歩きながら話していた。

隼人は天野が市中巡視から戻るころを見計らって天野家を訪ね、話がある、と天野を連れ出したのだ。天野家には話し好きの家族がいるので、捕物の話はしづらかったのである。

「だが、罪状はなんだ？」

彦十郎の情婦だったというだけで、捕らえることはできない。

「博奕は、どうです？……彦十郎の子分として、利根次、猪吉、治助の三人を捕らえるのです」

「女将のお峰は？」

隼人は、お峰からも話を聞きたかった。

「いっしょに捕らえないと、逃げられますね」

「おれたちが店に踏み込んで、利根次たちが捕らえられるところを目にしたら、お峰は姿を消すだろうな」

「利根次たちを捕らえるおり、お峰が捕手の邪魔をして三人を逃がそうとしたことにでもしますか」

天野が言った。

「そうするか」

客のいないときを狙って踏み込めば、なんとでも言えるだろう、と隼人は思った。

「横山さんにも、声をかけたいんですが」

「いいだろう」

横山は、此度の件に初めから関わっていたし、いっしょに賭場に手入れした山崎は深手を負っている。横山としても、なんとか事件の首謀者を捕縛したいであろう。

「それでいつ？」

天野が訊いた。

「早い方がいいな」

時が経てば、淀川屋のお峰や利根次たちが町方の動きを察知し、淀川屋から姿を消すかもしれない。その前に、お峰や利根次たちを捕らえたい、と隼人は思った。

「明後日《あさって》はどうでしょう」

天野が、明日にも横山に話し、捕方を集める手筈を整えたいと言い添えた。

「朝がいいぞ」

午後から夜にかけては、店内に客がいるだろう。そこへ捕方が押し込めば大混乱になり、お峰や利根次たちを取り逃がす恐れがあった。

「では、明後日の早朝――」

「承知した」

隼人は、与力や奉行には上申せずに、同心三人だけで利根次たちを捕らえることにした。いまのところ、与力の出役を仰いで大勢の捕方が料理屋に踏み込むほどの一件ではなかった。あくまでも、利根次たちを捕らえるのは、博奕に関わった科である。

隼人が巡視の折に彦十郎の手下を見つけ、淀川屋に逃げ込んだので翌日の夜明けを待ち、天野と横山の手も借りて捕らえたことにするつもりだった。

二日後の払暁《ふつぎょう》、南茅場町の大番屋の前に、隼人、天野、横山の三人の同心と二十数人の捕方が集まった。隼人たちは羽織にたっつけ袴、草鞋履きという扮装《いでたち》である。捕方の多くは、隼人たち同心に仕える小者と中間《ちゅうげん》、それに岡っ引きと下っ引きたちだった。捕方の身装《みなり》は、ほとんどが町を歩く格好だった。それに、袖搦や突棒などの長柄の捕具を持っている者もいなかった。十手の他に六尺棒を手にしている者が、何人かいるだけである。踏み込むのは、料理屋であり、捕らえる相手も町人と女だけだったので、長柄の捕具はいらないとみたのだ。

隼人たちは、淀川屋のある東仲町まで猪牙舟で行くことにしてあった。大番屋の裏手に日本橋川が流れていて、近くに桟橋があった。そこに、調達した猪牙舟が三艘舫《もや》ってある。舟で日本橋川を下って大川へ入り浅草駒形町の桟橋まで行けば、東仲町はすぐ近くである。歩けば南茅場町から浅草までかなりかかるが、舟なら短時間で行けるのだ。

「行くぞ」

隼人が捕方たちに声をかけた。

隼人、天野、横山が、それぞれ配下の捕方を連れて三艘の舟に分乗した。隼人の舟を漕ぐのは、船頭をしている繁吉である。小者の庄助、利助、綾次、それに中間がふたり乗った。

三艘の舟は日本橋川を下り、大川へ出ると、水押《みお》しを川上に向けて川を遡《さかのぼ》りはじめた。東の空が明らみ、黒ずんだ大川の川面を淡い曙色《あけぼのいろ》に染めていた。日中は、猪牙舟、屋根船、茶船などが頻繁に行き交っているのだが、いまは船影もなかった。大川は無数の波の起伏を刻みながら、永代《えいたい》橋の彼方まで滔々と流れている。

三艘の舟は両国橋をくぐり、左手に浅草御蔵の米蔵の連なりを見ながら駒形町へ水押しを向けた。

桟橋に着くと、天野が手札を渡している岡っ引きの伊之助《いのすけ》と下っ引きの五助《ごすけ》が待っていた。ふたりは昨日のうちに東仲町に来て、淀川屋を見張っていたのである。他にもふたり、横山の手先が店を見張っているはずである。

「伊之助。利根次たちは、淀川屋にいるな」

天野が、念を押すように訊いた。

「いやす」

伊之助によると、昨夜、淀川屋の裏手にまわり、背戸から利根次、猪吉、治助の三人が顔を出したのを目にしたという。

「女将のお峰は？」

「あっしらは見てねえが、与茂吉《よもきち》がお峰を見たようでさァ」

与茂吉は、横山の手先である。伊之助によると、与茂吉は淀川屋の表の戸口を見張っていて、お峰が客を送り出したところを目にしたそうだ。

「よし、これから踏み込もう」

隼人が、東の空に目をやって言った。

だいぶ明るくなり、東の家並の先には陽の色があった。頭上の空が青さを増し、星がひかりを失っている。

駒形町の町筋も白み、駒形堂もその輪郭と色彩をとり戻していた。明け六ツ（午前六時）は、間近のようだ。

5

東仲町の表通りは、夜明け前の薄闇に包まれていた。日中は、大勢の参詣客や遊山客が行き交っているのだが、いまは人影のない通りが白々と続いている。通り沿いの料理屋、料理茶屋、置き屋なども表戸を閉め、ひっそりと寝静まっていた。こうした繁華街は明け方がもっとも静かで、寂しい時である。

「与茂吉、どうだ、店の様子は？」

横山が訊いた。

「いつもと変わりねえようでさァ。……利根次や女将も、店にいるはずですぜ」

そのとき、横山の脇にいた隼人が、

「利根次や女将の居場所がわかるか」

と、訊いた。利根次たちを逃がさないためにも、居場所がわかると都合がいい。

「裏手の板場の近くに奉公人の部屋があると聞いてやす。利根次と若い衆のふたりは、そこにいるはずですぜ」

「女将は？」

「帳場の近くの部屋じゃァねえかな」

与茂吉は語尾を濁した。はっきりしないらしい。ただ、二階は客の座敷だけなので、お峰の部屋は、一階の帳場近くではないかという。

「おれと天野とで、裏手から踏み込もう。横山さんは、表を固めてくれ」

隼人は表の戸口さえ固めておけば、お峰を逃がすことはないだろうとみた。

「承知した」

横山が答えた。

隼人は天野に裏手から踏み込むことを伝え、伊之助に先導させて店の脇から裏手にまわった。

淀川屋の裏手にも、細い路地があった。若い衆や下働きなどの奉公人は裏手の路地を通り、背戸から出入りしているのだろう。

背戸は引き戸だった。隼人たちは、足音を忍ばせて背戸に近づいた。

伊之助が背戸に手をかけて引くと、簡単に開いた。錠も心張り棒もかけてなかったらしい。

「入るぞ」

隼人は小声で言って、店のなかに入った。

天野や手先たちが、無言で続いた。男たちは獲物を追いつめた獣のように目をひからせている。

背戸から入るとすぐに、土間になっていた。なかは薄暗く、ひとのいる気配はなかった。竈《へっつい》が三つ並び、隅に薪《まき》置き場があった。土間の先は板間で、なかほどに流し場があり、右手は食器や酒器などを並べた棚になっている。

左手に、表へ続く廊下があった。廊下の左右が座敷になっているらしい。

「あの座敷だな」

隼人が、脇にいる天野に小声で言った。

天野は無言でうなずいた。朱房《しゅぶさ》の十手を握りしめ、双眸が鋭いひかりを帯びていた。町方同心らしい引きしまった顔である。

隼人たちは、足音を忍ばせて廊下に向かった。廊下に人影はなく、薄闇に包まれていた。廊下側に障子が立ててある。その障子の先から、かすかに鼾《いびき》が聞こえた。だれか、寝ているようだ。

「天野、踏み込むぞ」

隼人が声を殺して言い、そっと障子を開けた。

座敷は薄暗かったが、ふたり分の夜具が敷いてあり、男が寝ているのが見てとれた。眠っているらしく、ふたりの鼾が聞こえた。

寝ている男が、だれかわからなかったが、利根次、猪吉、治助のうちのふたりにちがいない。

座敷の奥に襖《ふすま》が立ててあり、その先にもひとのいる気配があった。夜具を動かすような音と、かすかな鼾が聞こえる。そこにも、だれか寝ているらしい。

「……天野、奥へまわってくれ」

隼人は、利根次たち三人のうちのひとりが奥の部屋にいるのではないかとみた。

「承知」

天野は足音を忍ばせ、寝ている男の夜具の裾を通って襖に近づいた。伊之助たち七、八人の捕方が続く。

そのときだった。ふいに、座敷に寝ていたひとりの男が目をあけた。天野たちが動いた足音で目を覚ましたらしい。

男は目を瞠《みは》って、座敷にいる隼人たちを見ると、

「ぬ、盗人《ぬすっと》！」

と、声をつまらせて叫び、体にかけていた掻巻《かいまき》を押し退《の》けて身を起こそうとした。

「捕れ！」

隼人が声を上げた。

その声で、隼人の近くにいた三人の捕方が男に飛びつき、夜具の上に押し倒した。男の寝間着がはだけ、両足や尻があらわになっている。

男は夜具の上で身をよじりながら、「捕方だ！」とひき攣《つ》ったような声で叫んだ。

すると、捕方のひとりが掻巻を摑んで男の顔にかぶせて押さえ込んだ。叫び声を封じ

たのである。

「捕らえろ！」

隼人の指図で、別の捕方が男の両腕を後ろにとって早縄をかけた。

この騒ぎで、脇に寝ていた男も目を覚まし、這《は》って廊下へ逃れようとしたが、捕方たちに押さえ込まれた。

一方、天野と捕方たちも、奥の座敷に踏み込んでいた。部屋のなかほどに、男がひとり寝ていた。男は隣部屋の騒ぎで目を覚ましたらしく、立ち上がって部屋から逃げようとしていた。

捕方のふたりが男に飛びつき、畳の上に押し倒した。男は必死になって逃れようとしたが、さらに別の捕方ふたりに両肩を押さえつけられ、身動きできなくなった。

「縄をかけろ！」

天野が命じ、両肩を押さえたふたりが、男の両腕を取って縛りあげた。

後でわかったことだが、隼人たちが捕らえたふたりは、猪吉と治助だった。また、天野たちが捕縛したのは、利根次である。

そのころ、表の戸口から踏み込んだ横山たちも女将のお峰を捕らえていた。

横山たちは店のなかには踏み込まず、戸口を固めていたが、そこへ寝間着の上に小袖を羽織った年増が、蒼《あお》ざめた顔で飛び出してきた。店の裏手で起こった激しい物音と男たちの叫び声で目を覚まし、裏から盗人が押し込んできたと思い、慌てて表から逃げ出そうとしたらしい。

年増は、戸口を固めていた横山たちを目にすると、凍りついたように立ち竦んだ。

「お峰か」

横山が語気を強めて訊いた。

「…………！」

お峰は目を瞠《みひら》いて横山を見つめ、ちいさくうなずいた。顔が引き攣り、体が激しく顫えている。

「いっしょに来てもらおうか」

横山がお峰に言った。

「あ、あたし、お上の世話にならなくちゃいけないようなことは、何もしてません」

お峰が、声を震わせて言った。

「おめえが、何かしたわけじゃァねえんだがな。おめえの情夫《おとこ》のことで、訊きてえことがあるのよ」

横山は乱暴な物言いをした。

「あたし、何も知りません」

「お峰、おれたちはな、手先が四人も殺され、八丁堀の仲間まで大怪我を負わされてるんだ。おめえがどう思ってるか知らねえが、おめえを一味のひとりとみて、この場で首を刎ねたってかまわねえんだぜ。女だてらに包丁を持って歯向かったので、やむなく始末したことにでもすれば、それで済む」

横山がお峰を見すえて言った。

「…………」

お峰は、がっくりと肩を落とした。

「この女を連れていけ」

横山が、そばにいた捕方に命じた。

6

「利根次、面《おもて》を上げろ」

隼人が声をかけた。

大番屋の吟味の場だった。利根次は、土間に敷かれた筵《むしろ》の上に座らされていた。利根次の後ろには、牢番がふたり控えている。

隼人は一段高い座敷にいた。そばに、天野の姿もあった。横山は牢内に出向いて、猪吉と治助を訊問している。

お峰と利根次たちを捕らえた翌日である。隼人たちは吟味というより、山崎や岡っ引きを襲った一味を聞き出すための訊問をしていたのだ。通常、捕らえた容疑者は、吟味方与力が吟味することになっている。

「利根次、彦十郎を知っているな」

隼人が、静かな声で訊いた。

「へ、へい、淀川屋の旦那でしたから……」

利根次が、上目遣いに隼人を見ながら言った。

四十がらみ、肌が浅黒く、面長で細い目をしていた。左頰《ひだりほお》に傷痕《きずあと》があった。匕首で負った傷かもしれない。やくざ者らしい陰湿で酷薄な感じがする。

「彦十郎が賭場で捕らえられ、牢死したことは知ってるな」

さらに、隼人が訊いた。

「…………」

利根次は、隼人を見ながらちいさくうなずいた。そのことは、隠しようがないと思ったのだろう。

「彦十郎は賭場の貸元をしていたのだが、そのことも知っていたな」

「い、いいえ、知りません。……旦那は手慰みに賭場に行って、捕らえられたと思っていやした」

利根次が訴えるように言った。

「おい、そんな言い訳は、通らねえぜ。……ここへ来る前にな、牢内にいる猪吉と治助から聞いたんだが、ふたりとも彦十郎が賭場の貸元をしてたことは知ってたぜ。……兄貴分のおめえが、知らねえはずはねえじゃァねえか」

隼人は牢内にいる猪吉と治助に会って、いくつか訊問していたが、彦十郎が賭場の貸元をしていたことについては訊いていなかった。利根次に、話させるためにそう言ったのである。

「もう一度、訊くぜ。……彦十郎が、賭場の貸元をしてたことは知ってるな」

「へえ……。それらしい話を聞いたことがありやす」

利根次は首をすくめ、小声で答えた。

「その賭場に、淀川屋のあるじだった仙右衛門を誘い、博奕で負けた分の金を貸し、借金の形に店を取り上げたこともわかっている」

まだ、はっきりしなかったが、隼人はまちがいない、と踏んでいた。

「………！」

利根次は口を閉じたままだったが、顔色が変わった。驚きと狼狽《ろうばい》の色が浮き、視線が揺れた。町方にそこまで摑まれているとは、思わなかったらしい。

「おめえと猪吉、それに治助の三人は、彦十郎が淀川屋に乗り込んでくるとき、いっしょについてきたんだな」

「………」

利根次は、何も答えなかった。かすかに、体が顫えている。

「おめえが白《しら》を切ったって、どうにもならねえぜ。……猪吉と治助、それにお峰が、おれたちの拷問《せめ》を受けて、白を切り通せるとでも思っているのか。それにな、おめえたち三人が、彦十郎といっしょに淀川屋に来たのは、わかってるんだ。……そのことは、近所の者でも知ってることだぜ」

「へえ……。彦十郎の旦那といっしょに、店に来やした」

利根次が小声で言った。隠しようがない、と思ったらしい。

「彦十郎だが、賭場の貸元にしては若いな」

「へえ……」

「親から、賭場を任されていたんだな」

「………………！」

利根次の顔がこわばった。

「親の名は、伝兵衛だな」

隼人は、伝兵衛の名を出した。

「し、知らねえ」

利根次の顔から血の気《け》が引いた。体の顫えが激しくなっている。

「駒形伝兵衛と言わねえと、わからねえかい」

「あ、あっしは、駒形伝兵衛などという男は知らねえ」

「利根次、賭場の手入れに、あれだけ大勢の捕方が長柄の捕物道具まで持って押し込んだんだぜ。……おかしいとは、思わなかったのか。端《はな》から、彦十郎が伝兵衛の倅だとわかっていたから、そうしたのよ」

「………………！」

利根次の顔が、引き攣ったようにゆがんだ。

「おめえも、伝兵衛の子分じゃァねえのか」

「ち、ちがう。あっしは、伝兵衛親分の子分じゃァねえ」

利根次が、声を大きくして言った。

「それじゃァ、だれの子分だい」

「彦十郎親分の世話になっていやした」

「端から、彦十郎の子分か」

「へ、へい」

「猪吉と治助も、そうかい」

「ふたりは、あっしの弟分で……」

利根次によると、猪吉たちと賭場で知り合い、面倒をみてやっているうちに弟分になったという。

「ところで、伝兵衛はどこにいる?」

隼人は、利根次を見すえて訊いた。

「し、知らねえ。白を切ってるわけじゃァねえ。……大親分は滅多に顔を出さねえ。大親分の塒を知ってる者は、彦十郎親分とそばにいる何人かの子分だけだと聞いていやす」

利根次は、伝兵衛のことを大親分と呼んだ。子分たちの間ではそう呼ばれているらしい。

「うむ……」

　隼人は、利根次が嘘を言っているようには思えなかった。

「ところで、利根次。八丁堀の山崎たちを襲った三人のことを知っているか」

　隼人が声をあらためて訊いた。

「……噂は聞きやした」

「三人の名は？」

「知らねえ」

「まったく知らねえのか」

「名は知らねえ。だが、ふたりのお侍は、大親分のそばにいると聞きやした」

「町人は？」

「知らねえ」

　利根次がつぶやくような声で言った。

　隼人が口をつぐむと、脇に座して訊問の様子を見ていた天野が、

「利根次、伝兵衛だがな、塒は知らなくとも、どの辺りに住んでいるかくらいは知ってるだろう」

　と、利根次を見すえて訊いた。

「浅草にいると聞いていやす」

「浅草のどの辺りだ」

さらに、天野が訊いた。

「わ、わからねえ」

利根次は肩を落として、首を横に振った。

天野も、それ以上訊かなかった。

隼人たちは利根次の訊問を終えると、横山と会い、お互いが訊問で摑んだことを伝え合ってから、牢内にいる猪吉と治助から話を聞いた。

猪吉と治助は、すでに横山に自白しており、隼人たちにも問われたことは口にしたが、新たなことはわからなかった。利根次の話したことの裏がとれただけである。

続いて、隼人と天野に横山も加わり、吟味の場にお峰を引き出して訊問したが、やはりたいしたことは知らなかった。

それでも、わかったのは、お峰が浅草西仲町にある喜舟《きふね》という料理屋に座敷女中として勤めているときに、客としてきた彦十郎と通ずるようになり、淀川屋の女将を任されるようになったことである。

「お峰、彦十郎の男親のことを聞いたことはねえか」

隼人は、彦十郎がお峰に伝兵衛のことを話しているのではないかと思ったのだ。

「一度、喜舟に、彦十郎さんといっしょに男親らしいひとが来たことがあります」

お峰が小声で言った。

「伝兵衛という名か？」

「名は口にしていませんでした。それに、彦十郎さんは、父親とは言わず、おれが世話になっているひとだと言ってました」

「それがどうして、彦十郎の男親と思ったのだ」

「席をはずしたとき、彦十郎さんが、親父《おやじ》、と呼んだのを耳にしたんです」

お峰が席をはずした後、座敷に戻ろうとして部屋の近くまで来たとき、障子越しに彦十郎の声が聞こえたという。

「そいつは、どんな男だった？」

「大店《おおだな》の旦那のように見えました」

お峰によると、男は初老で恰幅《かっぷく》がよく、赤ら顔で目が細く、頬がふっくらしていたそうだ。物言いはやわらかく、恵比須を思わせるような福相だったという。

……そいつが、駒形伝兵衛か。

と、隼人は思った。

7

柳橋に嘉沢屋《よしざわや》という老舗の料理屋があった。料理屋や料理茶屋の多い柳橋でも料理がうまいことで知られる高級な店で、大店の旦那や大身の旗本などが贔屓にしていた。

嘉沢屋の二階の奥まった座敷に男が五人、酒肴《しゅこう》の膳《ぜん》を前にして座っていた。

上座の正面に、恰幅のいい初老の男が座していた。赤ら顔で目が細く、頬がふっくらしている。駒形伝兵衛であった。

その伝兵衛の脇に、五十がらみの町人が座していた。長身痩軀《そうく》で、すこし背が曲がっている。面長で鼻梁が高く、切れ長の目をしていた。

伝兵衛の脇に大柄な武士がいた。羽織袴姿である。眉が濃く、眼光の鋭い男だった。御家人か、江戸勤番の藩士といった格好だが、ちがうかもしれない。男の身辺には、無頼牢人を思わせる荒廃した雰囲気がただよっていた。

残るふたりは、町人だった。ひとりは、三十がらみで浅黒い顔をしていた。もうひとりは若く、二十代半ばと思われた。痩身で顎がとがっている。ふたりとも、縞柄の小袖に角帯姿だった。

「安《やす》、淀川屋に、町方が踏み込んだそうだな」

伝兵衛の脇に座していた長身の町人が、若い男に訊いた。

「へい、姐《あね》さんと利根次、それに猪吉と治助が、町方に引っ張られやした」

安と呼ばれた男が、低い声で言った。

「それで、お峰や利根次は、いま、どこにいる」

長身の男が訊いた。

「南茅場町の大番屋でさァ」

「吟味を受けているのだな」

「そのようで──」

安と呼ばれた男は、チラッと伝兵衛と大柄な武士に目をやった。

伝兵衛は、黙ったままふたりのやり取りを聞いている。大柄な武士は、ときどき杯に手を伸ばして傾けていた。

「お峰や利根次もたいしたことは知らねえから、案ずることはねえが──。このままにはしておけねえな」

長身の男が、渋い顔をした。

「町方は、まだ懲《こ》りないのか」

武士が、手にした杯を口許で止めたまま言った。

「懲りるどころか、あらたに別の同心が加わって探索にあたってるようですぜ」

安と呼ばれた男が言った。

そのとき、伝兵衛が、

「安蔵《やすぞう》、淀川屋に踏み込んだ八丁堀はだれだい」

と、訊いた。大柄な体にしては細い声で、震えを帯びていた。気が昂っているらしい。安と呼ばれた男の名は、安蔵である。

「三人でさァ」

「三人もで、押し込んだのか」

長身の男が驚いたような顔をし、それで、三人の名はわかるのか、と訊いた。

「賭場に押し入った横山、それに、天野玄次郎ってえ定廻りの同心で」

安蔵が答えた。

「もうひとりは?」

「八丁堀の鬼でさァ」

安蔵が顔をしかめて言った。

「長月か!」

長身の男が、声を大きくした。

「へい、長月隼人で」

隼人のことを鬼隼人とか、八丁堀の鬼と呼ぶ者たちがいた。隼人は手向かう科人には情け容赦なく剣をふるい、斬殺したからである。そのため、江戸市中の無頼牢人、地まわり、無宿者などは、隼人を鬼と呼んで恐れたのだ。

伝兵衛が、集まった男たちに視線をまわして言った。

「相手が鬼でも、おれは許さねえよ」

顔が憤怒《ふんぬ》にゆがみ、細い目には強い怨念の色があった。膝の上で握った拳《こぶし》が、小刻みに震えている。

長身の男をはじめその場にいた男たちの目が、一斉に伝兵衛に集まった。

「……ひ、彦十郎は、おれのたったひとりの倅だった。その倅を、なぶり殺しにしやがった。相手が奉行だろうと、大名だろうと、おれは許しゃしないよ」

伝兵衛が声を震わせて言った。

ふだんは恵比須を思わせるような顔が憤怒で赭黒《あかぐろ》く染まり、睨むように虚空《こくう》を見すえた双眸が怨念に燃えている。

次に口を開く者もなく、座は重苦しい沈黙に包まれた。

そこに長身の男が、

「おれも、このままにしちゃァおかねえ。大親分の怨《うら》みは、おれたちの怨みだ。それにな、八丁堀のやつらは、おれたちをお縄にするために淀川屋にも踏み込んで、お峰たちを捕らえたんだぜ。うっちゃっておけば、おれたちがお縄になり、獄門台に首が晒されることになるんだ」

と、強い口調で言った。

「源五郎《げんごろう》親分の言うとおりだ」

すぐに、安蔵が言った。

長身の男は、源五郎という名らしい。伝兵衛が大親分で、源五郎が親分と呼ばれるようだ。伝兵衛の指図を受けて、直接子分たちを動かしているのは源五郎なのだろう。

そのとき、これまで黙って話を聞いていたもうひとりの町人が、

「鬼の首もとりやしょう」

と、くぐもった声で言った。

町人は眉が濃く、頤《おとがい》が張っていた。剽悍《ひょうかん》そうな面構《つらがま》えである。この男は、ふたりの武士と山崎たちを襲った三人のうちのひとりだった。

「辰次郎《たつじろう》、頼むぜ」

長身の男が言った。

山崎たちを襲った町人の名は、辰次郎であった。辰次郎は、他の子分とちがって殺し役を引き受けているのかもしれない。

「森泉《もりいずみ》の旦那」

伝兵衛が、大柄な武士に目を向けて言った。

「矢萩《やはぎ》の旦那は、ここに見えねえが、どうかしましたかい」

「矢萩は、こういう店は好かないようだ」

森泉が言った。

どうやら、山崎たちを襲った大柄な武士の名が森泉で、もうひとりの中背の武士が矢萩らしい。

「これからも、矢萩の旦那に手を貸してもらえるんでしょうね」

伝兵衛が念を押すように言った。

「金次第だな」

「鬼の首をとってくれたら、千両出してもいい、と駒形伝兵衛が言ってたと、伝えてもらえますかい」

「矢萩に話しておくが、千両ならおれが斬ってもいいぞ」

そう言って、森泉は口許に薄笑いを浮かべた。

第三章　岡っ引き殺し

1

「旦那！　旦那！」

戸口で、隼人を呼ぶ声がした。庄助の声である。

何かあったらしい。庄助が、戸口で隼人を呼ぶことなど滅多にないのだ。

隼人は縁側にいた。ちょうど、登太の髪結いが終わったところである。

隼人が戸口へ出ようとすると、座敷にいたおたえが、大きなおなかを両手で抱えるようにして廊下に姿を見せ、

「だ、旦那さま、どうしました」

と、怯《おび》えた声で訊いた。

「おたえ、動きまわるな。転んで腹でも打ったら、赤子はどうなるんだ」

隼人が、すこし声を強くして言った。

「は、はい……」

おたえは、身を後ろへ反らせたまま足をとめた。

「おたえひとりの体ではないのだぞ。……大事にな」

やさしい声で言い置き、隼人は戸口に出た。

戸口に、庄助と天野に仕えている小者の与之助《よのすけ》がいた。与之助の顔は紅潮し、額に汗がひかっていた。天野の家から走ってきたようだ。

「与之助、どうした」

「また、殺られやした！」

与之助が、うわずった声で言った。

「だれが、殺られたのだ」

隼人の胸に、横山と天野の顔がよぎった。ふたりのうちどちらかが、襲われたのではあるまいか――。

「御用聞きの伊之助でさァ」

与之助が言った。

「伊之助だと」

天野が手札を渡している岡っ引きだった。淀川屋へ踏み込んで、お峰や利根次たちを捕らえたとき、隼人たちを桟橋で待っていた男である。

「下手人はわからねえが、伊之助の家に押し入って、伊之助と女房を殺したようで」

「なに、女房もか」

思わず、隼人は声を上げた。女房もいっしょに殺されたとは、思わなかったのだ。

「天野の旦那から、長月の旦那にお知らせしろ、と言われてきやした」

「場所はどこだ？」

「浅草、茅町《かやちょう》で」

茅町は、浅草御門近くから奥州街道沿いに続いている。与之助によると、伊之助は女房にそば屋をやらせ、いっしょに住んでいたという。

「行ってみよう」

隼人は急いでなかに戻り、腰に兼定を差して戸口を出た。

隼人は庄助を連れ、与之助とともに浅草茅町に向かった。

浅草御門を過ぎ、奥州街道に出てしばらく北に向かうと、

「こっちで」

与之助が、左手の路地に入った。

そこは狭い路地で、小体な店や仕舞屋などがごてごてと軒を連ねていた。その路地

を二町ほど歩くと、路地沿いの店の前に人だかりができていた。近所の住人が多いようだが、岡っ引きや下っ引きらしい男の姿も目についた。伊之助が殺されたと聞いて駆けつけたのだろう。

店の戸口は閉まっていたが、脇の腰高障子が開いていて、そこから男たちが出入りしていた。

「前をあけてくんな」

与之助が、戸口の前に集まっていた男たちに声をかけた。どの顔にも、困惑と悲痛の色があった。岡っ引きや下っ引きたちらしい。

隼人は戸口からなかに入った。狭い土間があり、その先が小上がりになっていた。そこに、天野の姿があった。岡っ引きらしい男が数人、まわりに集まっている。

「長月さん、ここに」

天野が隼人を目にして声をかけた。足元に、死体が横たわっているらしい。

隼人は、すぐに天野のそばにいった。小上がりに、男と女が横たわっていた。座敷は、どす黒い血の海である。

「伊之助だな……」

伊之助は、仰向《あおむ》けに倒れていた。カッと目を瞠《みひら》き、口をあんぐりあけたまま死んでいた。肩から胸にかけて斬られ、上半身が血に染まっている。深い刀傷で、開いた傷口から截断された鎖骨が、覗いている。

伊之助の脇に、女が横臥《おうが》していた。首を刃物で斬られたらしく、上半身が血に染まっていた。小袖の裾が捲《まく》れ、二布《ふたの》と太腿《ふともも》が見えた。むっちりした白い肌にも、血が飛んでいる。目を覆いたくなるような酸鼻極まりない現場である。

「ふたりとも、刃物で殺られたようだな」

隼人が言った。

「昨夜、店を閉めてから押し入られたようです」

天野によると、今朝方、近所に住む長吉《ちようきち》という男が店の前を通りかかり、表の腰高障子が一尺ほど開いたままになっているのに気づき、店を覗いて、ふたりの死体を目にしたそうだ。そのとき、店先に暖簾は出ていなかったので、昨夜、暖簾をしまった後で、何者かが押し入ったとみていいという。

「伊之助は、刀で斬られている。下手人は武士とみてよさそうだな。おそらく、山崎たちを襲った三人のうちのひとりだろう」

隼人が言った。

「女房は、首を掻き切られてますが」

「女房の方は、匕首かもしれん」

「すると、下手人は刀を遣う武士と匕首を遣う町人とみていいようですね」

「他にもいたかもしれんがな」

「それにしても、なぜ、伊之助夫婦を……」

天野が小首を傾《かし》げた。

「仕返しだな」

隼人が小声で言った。

「淀川屋に踏み込んで、お峰や利根次たちを捕らえた仕返しですか」

「そうとしか思えん。……女房もいっしょに殺したのは、おれたちを脅す狙いもあったのだろうな」

この凄絶な現場を目《ま》の当たりにすれば、だれもが恐ろしくなるのではあるまいか。探索や捕縛に加わった手先たちは、震え上がるだろう。

そう思って、まわりに集まっている岡っ引きや下っ引きたちを見ると、どの顔にも怯えと不安の色があった。男たちの胸には、次はおれの番かもしれない、という恐怖があるにちがいない。

「天野、ふたりの亡骸《なきがら》に何か掛けておくか」

隼人が小声で言った。これ以上、検屍の必要もなかった。できればこれ以上、ふたりの凄惨な死体を手先たちに見せたくなかったのだ。

「承知――」

天野は、すぐに小上がりの奥の座敷に行き、女房の物らしい着物を持ってきてふたりの死体の上にかけた。

それが済むと、天野は近くにいた岡っ引きたちを集め、近所で聞き込みをするよう指示した。昨夜の犯行を目にした者がいれば、下手人を突きとめる手掛かりが得られるかもしれない。

だが、岡っ引きや下っ引きの動きは鈍かった。どの顔にも、不安と戸惑いの色があった。周辺の聞き込みにあたることで、下手人たちに目をつけられるのではないかという恐れを抱いたのであろう。

それでも、岡っ引きたちは店から出ると、路地に散っていった。

隼人は天野のそばから手先たちが離れると、

「天野、油断するなよ。次は、おれたちを狙ってくるかもしれんぞ」

と、声をひそめて言った。

「油断はしません」

天野の顔もこわばっていた。

2

隼人は着古した小袖とよれよれの袴姿で、八丁堀の組屋敷を出た。牢人ふうに身を変えたのである。

隠密廻り同心は、定廻りや臨時廻りの同心とちがって支配地以外の武家の屋敷や寺社地などにももぐり込んで探索することがあった。そのため、牢人、雲水《うんすい》、虚無僧《こむそう》などに変装することがあり、隼人の家にはそうした変装ができるように衣装や持ち物などが用意してあったのだ。

隼人は浅草に行き、山崎たちを襲った三人と伝兵衛の居所を探るつもりだった。途中、隼人は豆菊に立ち寄った。八吉からあらためて伝兵衛のことを訊くとともに、利助と綾次をいっしょに連れていくためである。

豆菊の暖簾は、まだ出ていなかった。店開き前らしい。格子戸をあけて店に入ると、板場で水を使う音がした。

「だれかいないか」

隼人が声をかけた。

すると、下駄の音とともにおとよが姿を見せ、

「旦那、どうしたんです、その格好」

と、驚いたような顔をして訊いた。隼人が御家人ふうの格好をして店に来ることはあったが、うらぶれた牢人のような姿で来たことはなかったのだ。

「いや、探索でな」

隼人は照れたような顔をして、八吉はいるか、と訊いた。

「いますよ。今日は、利助と綾次も」

「それなら、三人、呼んでもらうか」

「すぐ呼びますから、奥の座敷で、待っててくださいな」

おとよはそう言い残し、板場に戻った。

隼人が奥の小座敷に腰を下ろして待っていると、障子があいて、三人が姿を見せた。八吉は前だれをかけていた。板場で、料理の下拵《したごしら》えでもしていたのだろう。利助と綾次は小袖を裾高に尻っ端折りし、股引を穿《は》いていた。これから探索に行くところだったのかもしれない。

「旦那、その格好は?」

八吉が、隼人の姿に目をやりながら訊いた。

「これから、浅草に探りに行くつもりだが、正体がばれないようにな」

八吉は、すぐに隼人の胸の内を察知したようで、それ以上訊かなかった。

隼人は八吉たち三人が腰を落ち着けるの待ってから、

「茅町で、御用聞きの伊之助と女房が殺されたのを知っているか」

と訊いた。

「へい、あっしらも、旦那が店を出た後、茅町に駆けつけやした」

利助が言うと、綾次もうなずいた。

「そうか。……おれたちが、淀川屋に踏み込んで女将や利根次たちを捕らえた仕返しとみてるが、それにしてもやり方がひどすぎる。下手人たちの背後に伝兵衛がいるようだが、町方を目の敵《かたき》にしている」

「あっしも、そんな気がしやす」

八吉が、顔を険しくして言った。

「町方の探索を恐れているというより、町方に強い怨みをもっているようだ」

これで、町方同心や岡っ引きが襲われたのは、四度目である。しかも、今度は岡っ引きの女房まで殺している。

そんな話をしているところに、おとよが茶道具を持って入ってきた。隼人たちは話をやめ、おとよが茶を淹《い》れてくれるのを待った。

おとよが座敷から出ていくと、

「御用聞きたちが、怖がって二の足を踏んでいるようだ」

隼人が、利助と綾次に目をやって言った。

「旦那の言うとおりですぜ。……茅町の聞き込みにまわった親分たちのなかには、何もしねえで帰《けえ》っちまったやつが、何人もいやしたぜ」

そう言って、利助が顔に怒りの色を浮かべた。

「こう次々に襲われれば、そうなるだろうな」

町方の手先たちに、二の足を踏むようにさせるのも伝兵衛たちの狙いかもしれない、と隼人は思った。

「それで、旦那はどうしやす」

八吉が訊いた。隼人に向けられた目には、刺すようなひかりがあった。岡っ引きだったころ、大きな事件《やま》に立ち向かうときに見せた八吉の顔である。

「このままにしてはおけん。なんとしても、駒形伝兵衛をお縄にしてやる」

隼人が語気を強くして言った。

「さすが、長月の旦那だ。あっしも、旦那が探索に二の足を踏むようなことはねえとみてやした」

八吉が言うと、

「おれだって、長月の旦那と同じ気持ちだ」

利助が言い、綾次も顔をひきしめてうなずいた。

「それでな。……おれの勘だがな、駒形伝兵衛は、浅草のどこかに身をひそめているような気がするんだ。伝兵衛の子分も山崎たちを襲った三人も、浅草のどこかにいるんじゃァねえかな」

「あっしも、そんな気がしやす」

八吉が言った。

「八吉、浅草のことに詳しいやつを知らねえか。伝兵衛の居所はわからなくとも、子分のことは知ってるやつがいるかもしれねえ」

伝兵衛は、浅草、本所、深川辺りの闇世界を牛耳っている男である。伝兵衛は賭場をひらいたり、高利貸しをしたり、金ずくで殺しまで請け負っていると聞いていた。伝兵衛自身は表に出なくとも、子分たちにしっかりと目が届く場所にひそんでいるはずである。

「伝兵衛のことを直接知っているかどうかわからねえが、伊蔵《いぞう》という男が阿部川町にいやす。そいつに訊いたら、何かわかるかもしれねえ」

八吉によると、伊蔵は若いころ浅草寺界隈《かいわい》で幅をきかせていた地まわりだが、いまは女房とふたりで古手屋をやっているとのことだった。歳は、還暦に近いはずだという。

八吉が現役の岡っ引きだったころ、伊蔵が若い遊び人と喧嘩になり、遊び人を匕首で刺して大怪我をさせたことがあったそうだ。その話を耳にした八吉は、伊蔵を探って居所を突き止めたが、喧嘩の原因は遊び人が酔ってからんだせいだとわかり、伊蔵を捕縛しなかったという。その後、八吉は浅草で事件があると、伊蔵に話を聞くようになったそうだ。

「阿部川町のどこだ?」

「こし屋橋の近くでさァ」

こし屋橋は、新堀川にかかっている。輿屋《こしや》は、輿、駕籠《かご》などを製造する店や人のことである。橋のたもとに輿屋があったことから、こし屋橋と呼ばれるようになったらしい。また、こし屋橋は組合橋とも呼ばれている。

八吉が、あっしの名を出せば、知っていることは教えてくれるはずだ、と小声で言い添えた。

「行ってみるか」

「旦那、あっしらもお供しやすぜ」

利助が声を大きくして言った。

3

「あれが、こし屋橋ですぜ」

利助が前方を指さして言った。

利助と綾次は、黒の腰切半纏に股引姿をしていた。左官か屋根葺《ふ》き職人といった身《み》装《なり》である。

「橋の近くということだったな」

隼人は橋の近くに目をやったが、古手屋らしい店はなかった。

三人は通り沿いの店に目をやりながら橋のたもとまで行ってみた。

「旦那、あれだ！」

利助が前方を指差して声を上げた。

見ると、下駄屋の脇に古手屋らしい小体な店があった。店先に吊した古着が、川風に揺れている。

隼人たち三人は古手屋の前まで来ると、店のなかを覗いてみた。店の戸口近くに瀬戸物類が並べてあり、土間には古着が吊してあった。土間の先に小座敷があり、そこに小柄な男がつくねんと座っていた。鬢や髷の白髪が目だった。年格好からみて、伊蔵のようだ。隼人たち三人は店に入った。

男は店に入ってきた隼人たちを見て、驚いたような顔をした。いきなり、牢人体《てい》の男と職人風の若い男ふたりという妙な組み合わせが入ってきたからであろう。

「すまねえ、脅かしちまったかい」

隼人は、おだやかな声で言った後、

「伊蔵かい」

と、訊いた。

「そうだが、おめえさんは……」

伊蔵が声を詰まらせて訊いた。隼人たち三人を客ではないとみたようだ。伊蔵の顔に警戒の色が浮いた。

「紺屋町の八吉を知ってるかい」

さっそく隼人は八吉の名を出した。

「知ってるよ」

「おれたちは、八吉の知り合いでな。こいつは、八吉の跡をついだ利助だ」

隼人が利助に顔を向けて言うと、

「利助といいやす。……親分が、世話になりやした」

利助がそう言って、伊蔵に頭を下げた。すると、そばにいた綾次も、

「あっしは、親分の世話になっている綾次って者《もん》です」

と、殊勝な顔をして名乗った。

親分とは、八吉のことだった。いまでも、利助たちは八吉のことを親分と呼んでいる。

「おめえさんが、利助さんかい。……八吉親分から聞いてるぜ」

そう言って、伊蔵は顔をなごませた。

隼人は小座敷の上がり框に腰を下ろすと、

「ちと、訊きてえことがあってな」

と、切り出した。

「八丁堀の旦那ですかい」

伊蔵が、笑みを消して言った。どうやら、隼人のことも聞いているようだ。

「そうだ。……ところで、駒形伝兵衛を知っているか」

隼人が伝兵衛の名を出した。

「へえ……」

伊蔵が小声でつぶやいた。表情はあまり動かなかったが、双眸が底びかりしている。幅をきかせていたころの地まわりの顔であろう。

「伝兵衛の塒を知ってるかい」

隼人は、念のために訊いてみた。

「知りやせん」

すぐに、伊蔵が言った。

「伝兵衛はともかく、子分を知らねえかな。はっきりしなくとも、子分らしいという男でもいい」

伊蔵はすぐに答えず、いっとき虚空に視線をとめていたが、

「ふたり、知っていやす」

と、小声で言った。

「話してくれ」

「安蔵と辰次郎といいやしてね」

伊蔵によると、安蔵は伝兵衛の倅の彦十郎にかわいがられた男で、田原町の賭場に

も頻繁に出入りしていたという。

「安蔵の塒はわかるか」

「いまはどうだか知らねえが、安蔵は三年前まで花川戸町の長屋に住んでいたはずでさァ。そこで訊けば、わかるかもしれねえ」

浅草花川戸町は、浅草寺の東側の大川端にひろがっている。

「長屋の名はわかるかい」

「たしか、市兵衛《いちべえ》店《だな》だったかな」

伊蔵が、首をひねりながら言った。

「辰次郎は？」

「辰次郎は、ただの遊び人じゃァありませんぜ。すばしっこい上に、匕首を遣うのがうまくて、金ずくで人を殺してるってえ噂もありやす」

伊蔵が顔をしかめて言った。

「そいつの塒は？」

隼人は、辰次郎が山崎たちを襲った町人ではないかとすぐに思いあたった。

「塒はわからねえが、黒船町に情婦《おんな》がいると聞いたことがありやす」

「情婦の名は？」

「名は知らねえが、小料理屋の女将をしているはずでさァ」

「その小料理屋は、どこにある？」

「大川端の船宿のそばだと聞きやしたが……」

「店の名は？」

「わからねえ」

伊蔵は、首を横に振った。

「何とか、探ってみよう」

隼人は、なんとかつきとめられるかもしれないと思った。

その後も小半刻（三十分）ほど、伊蔵に伝兵衛や子分たちのことを訊いたが新たなことはわからなかった。

「伊蔵、手間をとらせたな」

隼人は財布を取り出し、一分銀を手にすると、伊蔵の膝先に置いて腰を上げた。

4

伊蔵から話を聞いた翌日、隼人は利助と綾次を連れて花川戸町に向かった。まず、市兵衛店を突き止め、住人から安蔵のことを訊いてみようと思ったのである。

隼人たちは花川戸町の大川端沿いの道を歩き、話の聞けそうな店に立ち寄って、市兵衛店という長屋が近くにないか訊いた。

立ち寄って話を聞いた三軒目の魚屋の親爺《おやじ》が、市兵衛店を知っていて、

「市兵衛店なら、そこの米屋の脇を入ったところですぜ」

そう言って、斜向かいにある舂米屋《つきごめや》を指さした。

舂米屋の脇に、長屋に続く路地木戸がある。隼人たちは、親爺に礼を言って、路地木戸に足を向けた。

路地木戸をくぐった先に、井戸があった。長屋の女房らしい女がふたり、手桶《ておけ》を脇に置いて井戸端でおしゃべりをしていた。水汲《みずく》みにきて顔を合わせ、おしゃべりを始めたらしい。

ふたりの女は隼人たち三人を目にすると、おしゃべりをやめ、訝しそうな目を向けた。

「訊きたいことがあるのだがな」

隼人が、口許に笑みを浮かべて言った。ひどく、やわらかな物言いである。

「なんでしょうか」

それでも小柄な女は、顔をこわばらせて言った。牢人体ではあるが、相手が武士な

ので緊張したらしい。顔が浅黒く、大きな目をしていた。狸のような顔である。

「つかぬことを訊くがな、この長屋に住んでいた安蔵という男を知らぬか」

隼人が訊いた。

「安蔵ですか。……安蔵という男《ひと》は、いませんよ」

もうひとり、でっぷり太った女が言った。四十がらみであろうか。樽《たる》のように大きな腹をしていた。

その腹を見て、隼人はおたえのことを思い出したが、すぐに女の腹から視線をはずし、

「いや、三年ほど前まではここにいたはずだ」

と、言い添えた。

「あたし、知ってる」

狸顔の女が、声を大きくして言った。

「知ってるか？」

「は、はい」

狸顔の女は、脇に立っている太った女に、おたき婆《ばあ》さんの隣に住んでいた男よ、と小声で言った。

単行本

坂井 希久子 *Kikuko Sakai*

ヒーローインタビュー

1,680円

藤野 千夜 *Chiya Fujino*

君のいた日々

1,470円

池田 久輝 *Hisaki Ikeda*

第5回 角川春樹小説賞受賞作

晩夏光

1,680円

群 ようこ *Yôko Mure*

働かないの
れんげ荘物語

1,470円

葉室 麟 *Rin Hamuro*

月神

1,680円

蓮見 恭子 *Kyoko Hasumi*

拝啓 17歳の私

1,785円

ランティエ

毎月1日発売

年間購読料 2,000円（送料込み）

執筆陣

佐々木譲　はらだみずき　堂場瞬一　貴志祐介　あさのあつこ　小路幸也　矢野隆　新井素子　中村航　細谷正充　山本一力

詳しくはホームページをご覧ください。 www.kadokawaharuki.co.jp/

※表示価格は全て税込価格です。

この他の既刊に関する詳細は、下記ホームページでご覧になれます。
また、お近くの書店でお買い求めになれない場合は、ホームページ上でもご購入が可能です。

http://www.kadokawaharuki.co.jp/

本の内容に関するお問い合わせ… 編集部：**03-3263-5247**

本の販売に関するお問い合わせ… 営業部：**03-3263-5881**

角川春樹事務所

E-mail : info@kadokawaharuki.co.jp

文庫 時代小説

佐伯 泰英 *Yasuhide Saeki*

鎌倉河岸捕物控シリーズ

- 新装版 橘花の仇〈一の巻〉…… 720円
- 新装版 政次、奔る〈二の巻〉…… 720円
- 新装版 御金座破り〈三の巻〉 720円
- 新装版 暴れ彦四郎〈四の巻〉 720円
- 新装版 古町殺し〈五の巻〉……… 720円
- 新装版 引札屋おもん〈六の巻〉720円
- 新装版 下駄貫の死〈七の巻〉 720円
- 新装版 銀のなえし〈八の巻〉… 720円
- 新装版 道場破り〈九の巻〉……… 720円
- 新装版 埋《うず》みの棘《とげ》〈十の巻〉……… 720円
- 代がわり〈十一の巻〉……………… 700円
- 冬の蜉蝣《かげろう》〈十二の巻〉……………… 700円
- 独り祝言〈十三の巻〉……………… 700円
- 隠居宗五郎《いんきょそうごろう》〈十四の巻〉……… 700円
- 夢の夢〈十五の巻〉……………………… 700円
- 八丁堀の火事〈十六の巻〉 700円
- 紫房《むらさきぶさ》の十手《じって》〈十七の巻〉……… 700円
- 熱海湯けむり〈十八の巻〉…… 720円
- 針いっぽん〈十九の巻〉………… 720円
- 宝《ほう》引《び》きさわぎ〈二十の巻〉……… 720円
- 春の珍事〈二十一の巻〉………… 720円
- よっ、十一代目!〈二十二の巻〉720円
- 最新刊 うぶすな参り〈二十三の巻〉720円

「鎌倉河岸捕物控」読本 620円　鎌倉河岸捕物控 街歩き読本 600円

長崎絵師通吏辰次郎シリーズ

- 新装版 悲愁の剣 ……………………… 720円
- 新装版 白虎の剣 ……………………… 720円

- 新装版 異風者《いひゅもん》 ……………………… 720円

文庫 時代小説

沖田 正午 *Shogo Okida*

やぶ医師天元世直し帖シリーズ

- 医は仁術なり ……………………… 680円
- お気の毒さま ……………………… 680円
- 最新刊 手遅れでござる …… 693円

太った女も思い出したらしく、ああ、あの男、と言って、急に嫌悪するような表情を浮かべた。

「いま、どこに住んでいるか、知っているか」

隼人が訊いた。

「知りませんけど……。長屋のみんなは、あの男が出ていってせいせいしていたんですよ」

太った女が言った。

「何かあったのか？」

「安蔵は、やくざ者でしてね。働きもしないで岡場所や賭場に出入りしたり、喧嘩をしたり、娘を騙《だま》して女郎屋に売り飛ばしたり、もう手のつけられない悪党でしたよ」

太った女が、一気にしゃべった。

「それじゃ、長屋を出たきり、行き先はわからないのか」

隼人が知りたいのは、安蔵の塒である。

「あたし、見たことあるよ」

ふいに、狸顔の女が言った。何か思い出したらしい。

「何を見たのだ」

「去年のいまごろ、あの男が、家から出てきたところを見たんですよ」

狸顔の女が、大きな目をさらに大きく瞠《みひら》いて言った。

「どこで見た？」

「今戸町ですよ」

狸顔の女によると、今戸町の大川端を歩いているとき、小体な仕舞屋の戸口から出てきた安蔵の姿を目にしたという。

「女といっしょでしたよ」

狸顔の女が言い添えた。

「今戸町のどの辺りだ？」

浅草今戸町は花川戸町より北に位置し、大川沿いに細長くつづいている。

「今戸橋を渡った先ですよ。たしか、隣に八百屋がありましたよ」

今戸橋は山谷《さんや》堀にかかる橋である。川下から行けば、橋を渡った先が、今戸町だった。

「邪魔したな」

隼人は、そう言い置き、井戸端から離れた。

長屋の路地木戸を出たところで、

「旦那、どうしやす」

と、利助が訊いてきた。

「せっかくだ。今戸町の家に、安蔵がいるかどうか確かめてみよう」

花川戸町から、今戸町は近かった。大川端沿いの道を川上に向かって歩けば、今戸町に出られる。

隼人たちは大川端沿いの道に出ると、川上に足を向けた。大川端沿いの道をしばらく歩くと、山谷堀にかかる今戸橋が見えてきた。橋を渡った先が今戸町だが、橋は川沿いの道からすこし陸側に入ったところからかかっていた。

隼人たちは、堀沿いの道をすこし歩いてから今戸橋を渡った。

「旦那、あそこに、八百屋がありやすぜ」

利助が通りの右手を指さして言った。

通りの左手には寺院があり、右手の大川側に町家が続いていた。女が言っていたとおり橋のたもとから半町ほど先に八百屋があった。店先の台に、青菜や大根などが並んでいる。その八百屋の先に小体な仕舞屋があった。

「あの家だな」

隼人たちは、八百屋の前を通って仕舞屋に近づいた。

家の戸口の板戸は、閉まっていた。住人がいるかどうかもわからない。

隼人たちは通行人を装って家の前に近寄り、聞き耳をたてた。家のなかでかすかに障子を開け閉めするような音がしたが、人声は聞こえなかった。だれかいるようだが、安蔵かどうかはわからない。

隼人たちは、仕舞屋の前を通り過ぎ、半町ほど歩いた先で足をとめた。家の近くでは、安蔵の目にとまる恐れがあったのである。

「旦那、どうしやす」

利助が訊いた。

「ともかく、安蔵が住んでいるかどうか確かめてみよう」

そう言って、隼人は通りの先に目をやった。

通り沿いに並ぶ家の数軒先に、笠屋があった。店先に、菅笠《すげがさ》や網代笠などが吊してある。隼人は店先に親爺らしい男が立っているのを目にし、話を聞いてみようと思った。

隼人は店に近づくと、

「店の者か」

と、声をかけた。

「は、はい、笠でしょうか」

男が、不安そうな顔をして訊いた。隼人が無頼牢人に見えたのだろう。乱暴でもされると思ったのかもしれない。

「いや、笠はいらん。……そこに、仕舞屋があるな」

隼人が指さして言った。

「ご、ございますが」

男が声を詰まらせて答えた。すこし、逃げ腰になっている。

「あの家に、安蔵という男が住んでいないか」

かまわず、隼人が訊いた。

「住んでいます。安蔵さんと、お松《まつ》さんですが」

「やはりそうか」

隼人は、やっと安蔵の塒を摑んだと思った。長屋の狸顔の女が言っていたいっしょにいた女とは、お松のことだろう。

隼人たちは、すぐに笠屋の前から離れた。

「利助、しばらく安蔵を張ってみるか」

安蔵を捕らえて口を割らせる手もあったが、伝兵衛や子分たちと接触するのではないかとみて、隼人は安蔵を泳がせてみようと思った。

「へい」

「繁吉と浅次郎も使うか」

隼人は、安蔵を泳がせるには、利助と綾次だけでは手薄だし、また危険であると思った。

「今川町の親分が、いっしょなら心強《こころづ》え」

利助が言うと、綾次もうなずいた。

5

「利助、見ろ！　男が出てきたぞ」

繁吉が言った。

利助、綾次、繁吉の三人は、猪牙舟に乗っていた。そこは、今戸橋近くの船寄だった。そこから安蔵の住む仕舞屋の戸口が見えたので、繁吉に舟を出してもらい舟の上から見張っていたのである。

山谷堀は、吉原に通じる堀である。吉原に登楼する客には舟を使う者がいて、多くの舟も山谷堀を通った。頻繁に舟が行き来するので、利助たちの舟に不審の目を向ける者はいなかった。

「あいつは、安蔵じゃァねえ」

利助が、男を見つめながら言った。

仕舞屋の戸口から出てきた男は、小袖を裾高に尻っ端折りした股引姿で、草鞋履きだった。手ぬぐいで頬っかむりしている。左官か屋根葺き職人といった感じだった。歩く姿は敏捷《びんしょう》そうで、野犬を思わせるような雰囲気がある。

男は今戸橋を渡って、大川端の方へ歩いていく。

「やつは、ただの職人じゃァねえぜ」

利助は、山崎たちを襲ったひとりではないかと思った。

「おれたちが、ここに来る前に家に入ったか、裏手をまわったかだな」

繁吉が言った。仕舞屋の裏手にも細い路地があった。そこを通って背戸から家に入れば、利助たちの目には入らない。

「跡を尾けるぞ」

利助は、舟から船寄に飛び下りた。

「兄い、あっしも行きやすぜ」

すぐに、綾次が続いた。

利助は、繁吉にひき続き仕舞屋の見張りを頼み、短い石段を上がって堀沿いの通りに出た。

ふたりは、通り沿いの店の脇や樹陰などに身を隠しながら男の跡を尾け始めた。

男は大川端に出ると、川下に足を向けた。足早に歩いていく。

利助たちも、足を速めた。前方に吾妻橋《あづま》が迫ってきた。橋梁を行き来する人の姿が、親指ほどに見える。

七ツ（午後四時）ごろだった。陽は西の空にまわっていたが、まだ陽射しは強く、大川の川面は油を流したように鈍くひかっていた。猪牙舟、屋根船、茶船などが、行き交っている。

前を行く男は、吾妻橋のたもとを過ぎ、さらに大川端沿いの道を川下に向かった。材木町、駒形町と過ぎ、諏訪町《すわちょう》に入った。

「やつは、どこへ行く気だ」

綾次が、苛立《いらだ》ったような声で言った。

そのときだった。ふいに、男が右手に折れて、八百屋らしい店の脇に入った。そこに、路地があるらしい。

「綾次、ついてこい！」

利助が走りだした。慌てて、綾次も走った。前を行く男の姿が見えなくなったのだ。

利助と綾次は八百屋の脇まで行き、路地の先に目をやった。

「いねえ！」

利助が声を上げた。

路地に男の姿はなかった。そこは、裏路地で小体な店や仕舞屋などがごてごてと続いていた。ぽつぽつと人影があった。物売り、近所に住む女房らしい女、子供などが歩いていたが、自分たちが跡を尾けてきた男の姿はなかった。

「また別の路地に入《へえ》ったのかもしれねえ」

利助と綾次は、路地の奥へ小走りに向かった。半町ほど行ったところに、左手に入る細い路地があった。だが、そこにも男の姿はなかった。利助たちはさらに路地を奥に向かい、男の姿を探したが、どこにもなかった。

……撒《ま》かれた！

と、利助は思った。

男は尾けられていることに気づき、まんまと利助たちを撒いたのである。

しかたなく、利助たちは繁吉のいる舟に戻り、ことの顚末を話した。

「やつは、ただのやくざ者じゃァねえな」

繁吉が、顔を険しくしてつぶやいた。

それから利助たち三人は、陽が沈み、辺りが淡い夜陰に包まれるまで仕舞屋を見張ったが、戸口から出入りする者はいなかった。

「明日だな」

繁吉は艫に立って棹《さお》を握った。また、明朝出直して、仕舞屋を見張るのである。


その日の朝方、利助たち三人は、今戸橋近くの船寄に舟をとめた。今日も、安蔵の住む仕舞屋を見張るのである。利助たちが、この場で見張るようになって四日目だった。まだ、うろんな男は姿を見せていない。

「今日は、おれが様子を見てこよう」

そう言って、繁吉は舟から下りた。

この数日、利助たちは見張りを始める前、まずは通行人を装って仕舞屋の前を通り、家にだれかいないか確かめていたのだ。

いっときすると、繁吉が慌てた様子で戻ってきた。

「おい、家にはだれもいないようだぞ」

繁吉が船寄に立ったまま言った。

「出かけたのかな」

利助が首をひねった。これまで、安蔵がいないときはあったが、お松はいたのである。

「それに、表の戸が、すこし開いたままになっちゃいねえか」

「妙だな」

「家で、何かあったのかもしれねえ」

繁吉の顔が、こわばっていた。

「様子を見てくるか」

利助が舟から下りると、すぐに綾次が続いた。

三人は、短い石段を上がって堀沿いの通りに出ると、仕舞屋に足を向けた。三人は通行人を装って家の前まで行ってみた。

繁吉の言うとおり、家のなかから物音も話し声も聞こえなかった。戸口の板戸が、五寸ほどあいたままになっている。

利助は家の戸口に近づき、戸の隙間からなかを覗いてみた。狭い土間があり、その先が板間になっていた。その奥には、障子が立ててある。なかは薄暗く、ひとのいる気配はなかった。

「だれもいないようだ」

利助が、声をひそめて繁吉に言った。

繁吉は、利助の脇に立って板戸の間からなかを覗き込んでいる。

「おい、障子を見てみろ。……血じゃァねえか」

繁吉が、うわずった声で言った。

「血だと！」

利助は板間の先に立ててある障子をあらためて見た。

障子に、飛び散った血のような黒い痕があった。それに、障子の隅が桟ごと破れて、垂れ下がっている。

……何かあったようだ！

と、利助は思った。

「入ってみるか」

繁吉が小声で言った。

「よし、入ろう」

利助は、音のしないようにそろそろと板戸を開けた。

土間に入り、三人はあらためて家のなかに目をやったが、人影はどこにもなかった。

利助たちは物音を立てないように板間に上がり、正面の障子に近づいた。

「血だ！」

利助が言った。

やはり、障子に飛び散っているのは血らしい。

三人の顔がこわばった。薄闇のなかで瞠《みひら》いた三人の目が、うすくひかっている。

利助が障子をあけた。

「こ、殺されている！」

利助が、喉の詰まったような声で言った。

座敷に、男と女が横たわっていた。辺りは、どす黒い血の海である。

三人は敷居を前にしてつっ立ったまま、座敷の凄絶な殺しの現場に目を奪われていた。安蔵は仰向けに倒れていたが、首が折れまがったように傾ぎ、顔が横を向いていた。喉皮だけを残して、首を刎ねられたらしい。畳から障子まで、激しく血が飛び散っていた。

お松は喉を深く斬られ、ひらいた傷口から頸骨《けいこつ》が白く覗いていた。首と胸のあたりがどす黒い血に染まっている。

ふたりの寝間着がはだけ、胸や腹があらわになっていた。その肌にも、血が飛び散っている。

「昨日、家から出ていったやつに殺られたのか!」

利助が言った。

「いや、安蔵は刀で首を斬られている。昨日のやつは、刀を持っていなかった。……それに、昼間のうちに押し入って、殺ったとは思えねえ」

繁吉が厳しい顔をして言った。

「すると、殺ったのは昨夜か」

昨日、利助たちが見張りを終えた後、夜更けに何者かが家のなかに入って安蔵とお松を殺したのだろう、と利助は思った。

「ちくしょう! おれたちを虚仮《こけ》にしやがって」

利助が悔しそうに言った。

三人で見張りをつづけたのに、まんまとやられたのである。

「おれたちの見張りに、気付いていたのかもしれねえな」

繁吉がつぶやくように言った。

「……下手をするとあっしらが襲われて殺られてたかもしれねえ」

綾次の顔に、恐怖の色が浮いた。安蔵やお松のように、自分たちが殺されていたかもしれないと思ったようだ。

三人はいっときこわばった顔をして、ふたりの死体に目をやっていたが、

「だが、手は引かねえぜ。……下手人は、おれたちが挙げてやる」

繁吉が、虚空を睨むように見すえて言った。

6

「なに、安蔵が殺されたと！」

隼人が、驚いたような顔をして言った。

「へ、へい、昨夜、殺られたようで――」

利助が、昨日からの出来事をかいつまんで話した。

八丁堀にある長月家の縁先だった。利助、綾次、繁吉の三人が隼人の家に来ていた。

利助たち三人は、安蔵とお松が殺されているのを目にした後、船寄に戻り、繁吉の舟で大川を下った。そして、日本橋川を遡り、南茅場町の大番屋の近くの桟橋に舟をとめて隼人の家に駆けつけたのである。

「安蔵は、刀で首を刎ねられていやした」

繁吉が脇から言った。

「下手人は武士か。……山崎たちを襲ったやつらかもしれねえな」

隼人の顔が険しくなった。

「仲間割れですか」

綾次が、小声で訊いた。

「そうじゃァねえな。口封じだろう。……利助と綾次は、尾けた男に撒かれたそうだな。そいつは、利助たちが安蔵を見張っていたことに気づいたんじゃァねえかな。それで、その夜のうちに、安蔵の家に押し入り、始末しちまったとみるがな」

「ひでえな、仲間を逃がさねえで殺しちまうなんて……」

綾次が、顔をしかめた。

「おそらく、伝兵衛一家の者たちだろうな」

隼人も、残酷な男たちだと思った。町方だけでなく、味方まで邪魔だと思えば殺してしまうのだ。

「だが、まだ手掛かりはある。……辰次郎だ」

隼人が低い声で言った。

「伊蔵は、黒船町に辰次郎の情婦《おんな》がいると話していただろう」

「小料理屋の女将をしてるってことでした」

利助が声を大きくして言った。

「船宿のそばだとも言ってたぜ。……黒船町の大川端を歩けば、そう手間はかからず、探しだせるはずだ」

「旦那、やりやすぜ。下手人はかならず挙げてやる」

利助が声を上げた。

「よし、明日から仕切り直しだ」

隼人は、繁吉に、明日舟を南茅場町の桟橋までまわしてくれるよう頼んだ。浅草、黒船町は舟で行けばすぐである。

翌日、隼人は南茅場町の桟橋から繁吉の舟に乗り込んだ。いっしょに舟に乗ったのは、利助である。綾次も来ると言ったのだが、隼人は三人も手先を連れて歩くと人目につくと思い、綾次は豆菊に残したのだ。

曇天だった。空は厚い雲におおわれていた。風があり、大川の川面は波立っている。晩秋の川風は冷たかった。猪牙舟や茶船などが、無数の波の起伏のなかを揺れながら行き来している。

隼人たちの乗る舟は両国橋をくぐり、左手に浅草御蔵を見ながら川上に向かった。

舟は浅草御蔵を過ぎると、水押しを左手に向けた。

「舟を着けやすぜ」

繁吉が声をあげた。

御厩河岸《おんまやがし》の渡し場を過ぎると、左手に黒船町の家並がひろがっていた。川岸に、ちいさな桟橋があった。猪牙舟が三艘だけ舫ってある。繁吉は巧みに櫓をあやつって、水押しを舫ってある舟の間に割り込ませた。

舟が桟橋に着くと、隼人と利助は舟から下りた。そして、繁吉が舟を杭《くい》に繋《つな》いで下りるのを待ってから川沿いの通りに出た。

「まず、川沿いにある船宿を探すか」

隼人が言った。伊蔵の話では、船宿のそばの小料理屋に辰次郎の情婦がいるということだった。

隼人たちは、川沿いの道を川上に向かって歩いた。黒船町はそれほど大きな町ではなかった。それに、大川沿いにある船宿を探すのだから、それほど手間はかからないはずである。

しばらく歩くと、繁吉が、

「旦那、あそこに船宿がありやすぜ」

と言って、前方を指さした。

一町ほど先に、ちいさな桟橋があり、その脇に料理屋のような店があったが、隼人には船宿かどうかわからなかった。おそらく、繁吉は船宿の船頭をしているので、それとわかったのだろう。

なるほど、店の近くまでいくと船宿だった。脇にある桟橋は、船宿の専用らしい。舫ってある舟も、船宿のものであろう。

「小料理屋が、斜向かいにありやす」

利助が言った。

見ると、小料理屋らしい洒落た店があった。戸口は格子戸になっていて、脇に掛行灯《あんどん》がある。まだ店をひらいてないのか、暖簾は出ていなかった。

「旦那、ちょいと様子を見てきやす」

利助がそう言い残し、跳ねるような足取りで小料理屋に向かった。

隼人と繁吉は川岸に立って、利助に目をやっていた。利助は、通行人を装って小料理屋の店先まで行くと、戸口に目を向けていたが、さらに近づいて格子戸に手をかけて引いた。戸は開かないようだ。

利助は、すぐに店先から離れ、小走りに隼人たちのそばに戻ってきた。

「どうだ、様子は？」

隼人が訊いた。

「店には、だれもいないようですぜ。それに、格子戸は閉まったままでさァ」

利助によると、格子戸は心張り棒でもかってあるのか、引いても開かなかったという。

「店に、人がいないのか」

隼人は、頭上に目をやって言った。

陽は、西の空にまわっていた。八ツ半（午後三時）ごろではあるまいか。店を夕暮れ時にあけるとしても、だれかいるはずである。

「旦那、安蔵と同じように、辰次郎も殺られたのかもしれやせんぜ」

利助がうわずった声で言った。

「いや、そんなことはない。……辰次郎の塒を探ったのは、今日が初めてだぞ。いくらなんでも、辰次郎の口封じをするのは、早過ぎる」

隼人は、小料理屋がしまっているのは、何か理由があってのことだろうと思った。

「近所で訊いてみるか」

隼人は、川沿いの通りに目をやった。

7

繁吉が船宿の桟橋を指さし、

「旦那、船頭なら知ってるかもしれやせんぜ」

と、言った。

桟橋に舫ってある舟に、印半纏を羽織った船頭がいた。船梁に腰を下ろし、煙管《キセル》で莨《たばこ》を吸っている。吉原に送る客を待っているのかもしれない。

「あの船頭に訊いてみよう」

隼人たちは桟橋につづく石段を下り、船頭のいる舟に近づいた。

「ちょいと、すまねえ。……おめえ、その船宿の船頭かい」

繁吉が船頭に大きな声で訊いた。ちいさな声では、桟橋の杭に当たる流れの音で、聞こえないのだ。

「そうだが、おめえは？」

船頭は煙管を手にしたまま つっけんどんに訊いた。雁首から立ち上ぼる白い煙が川風に吹かれ、散り散りになって消えていく。

「おれも、今川町で船宿の船頭をしてるのよ」

繁吉が言った。

「それで、何の用だい」

船頭の声が、すこしやわらかくなった。同業とわかったからだろう。

「そこに、小料理屋があるな」

繁吉が、店の方を指さしながら訊いた。

「桔梗屋《ききようや》か」

どうやら、店の名は桔梗屋らしい。

「閉まっているようだが、店はやってねえのかい。ここにいる若いのが、いい女将がいるというんで来てみたんだが、店は閉まってるじゃァねえか」

繁吉が利助に目をやりながら言った。

「お島《しま》さんのことかい。……いい女だが、手を出さねえ方がいいぜ。怖《こえ》え情夫《いろ》がいるようだからな」

船頭が、口許に薄笑いを浮かべて言った。

どうやら、お島という女が辰次郎の情婦らしい。

「その怖え情夫ってのは、なんてえ名だい」

繁吉が、訊いた。念のために、辰次郎かどうか確かめたいらしい。

「辰次郎ってえ名だよ」

「辰次郎な……」

繁吉は、初めて聞くような顔をした。

「ところで、桔梗屋だが、店を閉じてしまったのか」

隼人が、脇から訊いた。

「それが、旦那、ここ三日ほど、店を閉めたままなんでさァ。……お島さんも情夫も姿を見せねえし、店が左前になって夜逃げでもしちまったのかと、あっしらも噂してたんでさァ」

船頭はそう言うと、煙管の雁首を船縁で叩いて吸い殻を落とした。

川面で、ジュッというかすかな音がしただけで、吸い殻はすぐに水中に散って消えてしまった。

船頭の顔に、訝しそうな色が浮いている。繁吉や隼人が、しつこく訊くので不審に思ったらしい。

「お島と辰次郎は、どこにいるか知らないか」

かまわず、隼人が訊いた。

「知らねえなァ。……お島の母親のお竹《たけ》が、この先の久兵衛《きゅうべえ》店《だな》に住んでるから、訊いてみたらどうです。居所を知っているかもしれねえ」

船頭は川上を指さしながら言うと、立ち上がり、

「いつまでも、油を売っているわけにはいかねえ」

と言い置いて、船宿の方へ足を向けた。

隼人たちは桟橋から通りに戻ると、船頭が言っていた久兵衛店に行ってみた。そして、母親だというお竹を探して話を聞いてみたが、お島の居所はわからなかった。

お竹はお島から、浅草寺近くの料理屋にいる、とだけは聞いていたが、料理屋の名も、店が何町にあるのかも、知らなかった。

久兵衛店を出た隼人は、利助と繁吉に、

「浅草寺近くの料理屋をあたってみてくれ。……お島のことを知っている者が、いるかもしれん」

と言ったが、あまり期待はしなかった。

今日のところはこれで帰ることにし、隼人たち三人は大川端を川下に向かって歩いた。黒船町の桟橋にとめてある舟で、繁吉に八丁堀近くまで送ってもらうつもりだった。

暮れ六ツ（午後六時）前だったが、曇天のせいか、大川端は淡い夕闇に包まれてい

た。人影もまばらで、大川の流れの音と汀に打ち寄せる波音だけが、耳を聾《ろう》するほど聞こえてくる。

前方に舟を繋いでおいた桟橋が見えてきたとき、何気なく後ろを振り返った利助が、

「旦那、侍が来やすぜ」

と、低い声で言った。

見ると、大柄な武士が足早に迫ってくる。網代笠をかぶり、羽織袴姿で二刀を帯びていた。御家人のような身装である。

武士は、左手で刀の鍔元を握り、すこし前屈みの格好で隼人たちに迫ってくる。

……あやつ、殺気がある！

隼人は、武士の歩く姿に殺気があるのを感知した。

「だ、旦那、前の柳の陰にも！」

繁吉が叫んだ。

前方の川岸近くの柳の樹陰に、人影があった。ふたり。ひとりは町人で、ひとりは武士だった。

ふたりは、ゆっくりとした足取りで、通りに出てきた。武士は中背で、網代笠をかぶっていた。小袖に袴姿で二刀を帯びている。町人は手ぬぐいで頬っかむりしていた。

縞柄の着物を裾高に尻っ端折りし、股引に草鞋履きである。

……山崎たちを襲った三人だ！

隼人は確信した。

三人は、山崎から聞いていた扮装《いでたち》だった。しかも、挟み撃ちにする手も同じである。前からふたり、後ろからひとり――。

隼人たち三人に迫ってきた。前後から獲物を追いつめる獣のようである。

8

隼人は、通りの左右に目をやった。逃げ場を探したのである。だが、左手には大川が流れ、右手には仕舞屋と小体な店が並び、近くに逃げ込めるような路地はなかった。

前からのふたりと後ろのひとりは、すぐ間近まで迫っている。

近くを通りかかった職人らしい男が、悲鳴を上げて逃げ出した。斬り合いが始まると思ったらしい。

前方から道具箱を担いだ大工らしい男が三人、何か話しながらこっちへ歩いてくる。まだ、異変に気づいてないようだ。後方には、ふたりの供を連れた武士の姿が見えた。こちらに歩いてくるが、まだ遠方すぎた。

「利助、繁吉、おれの両側へつけ――」

隼人は叫んで、川岸を背にした。

すぐに、利助が隼人の左手にまわり込み、繁吉は右手に立った。ふたりの顔はこわばり、目がつり上がっていた。興奮と恐怖で、体が小刻みに顫えている。それでも、ふたりは懐《ふところ》から十手を取り出して身構えた。

三人の男が、ばらばらと駆け寄ってきた。隼人の前に、中背の武士が立った。左手の利助の前には大柄な武士、右手の繁吉には頬っかむりした町人が近寄った。

「うぬらだな、山崎たちを襲ったのは！」

隼人が、中背の武士を睨むように見すえて言った。

ふたりの武士は無言のまま、ゆっくりした動きで刀を抜いた。続いて、町人も懐から匕首を取り出して身構えた。三人はするどい殺気をはなち、手にした武器を隼人たちに向けた。

中背の武士は青眼に構えると、切っ先を隼人の目線につけた。腰の据わった隙のない構えである。

「うぬら、伝兵衛の子分だな」

隼人が鋭い声で言った。

すると、中背の武士の切っ先が、かすかに揺れた。動揺したらしい。

「おれは、子分ではない」

中背の武士が、くぐもった声で言った。子分であることは否定したが、伝兵衛とのかかわりはあるようだ。用心棒のような立場なのかもしれない。

中背の武士は、青眼から刀を上げ、低い八相に構えた。変わった構えだった。刀の柄を右肩近くにとり、刀身を寝かせ、切っ先を右手横に向けている。

……この構えか！

隼人は、山崎からこの奇妙な構えのことを聞いていた。

隼人は青眼に構えた刀身を上げ、切っ先を柄を握った武士の左拳につけた。八相に対応した構えである。

「それが、ヒリュウの構えか」

隼人は、山崎から聞いていたヒリュウという言葉を口にした。

と、武士の構えが揺れた。突然、隼人がヒリュウという言葉を口にしたので驚いたらしい。

「いかにも、ヒリュウの構えだ」

武士が低い声で言った。

隼人と武士の間合は、およそ三間半。まだ、斬撃の間境の外である。

隼人は、すばやく利助と相対した大柄な武士と繁吉の前にいる町人に目をやった。

大柄な武士は、青眼に構えていた。腰の据わった隙のない構えで、剣尖《けんせん》が利助の目線につけられている。町人は、匕首を胸の前に構えていた。腰をかがめ、すこし体を前後に揺らしていた。頬っかむりした手ぬぐいの間から見える細い双眸が、うすくひかっている。

……ふたりとも、遣い手だ！

と、隼人はみてとった。利助と繁吉ではとても太刀打ちできない。

利助と繁吉は十手を前に突き出すように構えていたが、腕だけ伸びて腰が引け、恐怖で体が顫えている。

「利助、繁吉、呼び子を吹け！」

隼人が叫んだ。

助けを呼ぶしか助かる手はない、と隼人はみたのである。

利助と繁吉は、懐に手を突っ込んで、呼び子を取り出した。そのすきに、町人が匕首を手にして踏み込んできた。

隼人は町人の動きを見ると、

タアッ！

いきなり、鋭い気合を発し、一歩身を引きながら切っ先を町人に向けた。踏み込んでくれば、斬る、という動きを見せたのだ。牽制《けんせい》である。

隼人は、目と体を中背の武士に向けていた。隙を見せれば、中背の武士が斬り込んでくるのだ。

町人の足がとまった。

繁吉が、顎を突き出すようにして呼び子を吹いた。ピリピリピリ、と呼び子の甲高《かんだか》い音が響いた。続いて、利助が「辻《つじ》斬りだ！」と一声叫び、呼び子を吹いた。ふたりの呼び子の音が、辺りに鳴り響いた。

近くまで来ていた三人の大工らしい男が、「辻斬りだぞ！」「町方を襲っている！」「斬り合いだ！」などと、次々に叫び声を上げたが、足を止めたまま近づいてくる様子はなかった。

このとき、川上からきた供連れの武士が、「近所の者を呼べ！」と大声で叫んだ。

すると、隼人と対峙していた中背の武士が、

「邪魔が入る前に片づけてやる！」

と叫び、足裏を摺るようにして間合を詰めてきた。

武士の横に寝かせた刀身が、隼人の目に長い薙刀のように映じた。武士の構えには、覆いかぶさってくるような威圧がある。

隼人は動かなかった。気を鎮め、武士の斬撃の起こりを感知しようとしている。

ばらばらと、走り寄る複数の足音が聞こえた。――十人ほどいる。さきほど叫んだ武士と供のふたり、三人連れの大工、それに通り沿いの店から出てきた男などが、駆け寄ってきた。

そのとき、中背の武士の全身に斬撃の気がはしった。

……袈裟にくる！

と感知した隼人は、咄嗟に刀を上げた。斬撃を受けようとしたのである。

次の瞬間、武士の右手から閃光が袈裟に走った。

シャッ、という刀身の擦れる音がし、一瞬、青白い火花が隼人の刀身に沿って走った。刹那、隼人の刀が払い落とされた。武士の袈裟への斬撃が、隼人の刀身を擦りながらはじいたのである。

瞬間、隼人は背後に跳んだ。一瞬の動きだった。武士の二の太刀がくる、と感知し、体が反応したのだ。

迅《はや》い！

武士の二の太刀が、横一文字に走った。刀身を袈裟から横へ払ったのだ。隼人の目に、刃光が稲妻のようにきらめいて見えただけである。

ザクッ、と隼人の右肩先の着物が裂けた。咄嗟に、隼人は背後に跳んだが、武士の二の太刀が迅く、間に合わなかったのだ。

だが、かすり傷だった。隼人の着物が裂け、うすく血の線が走っただけである。隼人が後ろに跳んだため、切っ先が届かなかったのだ。

「よく、かわしたな」

武士が驚いたように言った。

ふたたび、隼人と武士は青眼と八相に構え合った。

武士が刀身を横に寝かせて、ふたたび間合を詰めようとしたときだった。武士の足元に、小石が転がってきた。駆けつけた男たちのひとりが、小石をつかんで投げたらしい。

十間ほど離れたところに、十数人の男たちが集まっていた。さらに、人数が増えたらしい。男たちはいずれも腰が引けていたが、足元の小石を拾ったり近くに転がっていた棒を手にしたりして、すこしずつ近づいてくる。

だが、これを見た大柄な武士が、

「引け！」

と、声を上げた。

武士は後じさって納刀《のうとう》すると、野次馬たちのいない川岸近くを辿《たど》るようにその場から走り去った。

町人が大柄な武士を追い、隼人に切っ先を向けていた武士も、後じさってから刀を納めて駆けだした。

すぐに、隼人は利助と繁吉に目をやった。繁吉は無傷だった。利助は、左の二の腕を押さえてうずくまっている。着物の袖が裂け、血の色があった。大柄な武士の斬撃を浴びたらしい。

隼人は利助に走り寄った。

「利助、斬られたのか！」

「……か、かすり傷でさァ」

利助が隼人を見上げ、声を詰まらせて言った。顔が痛みでゆがみ、恐怖と興奮で体が顫えている。

「見せてみろ」

隼人は、利助の左腕を見た。あらわになった二の腕に、横に斬られた傷があった。

血が迸り出ている。

すぐに、隼人は懐から手ぬぐいを取り出し、そばに来た繁吉の手も借りて、利助の左腕を縛った。ともかく、出血を止めるのである。左腕は動くようなので、骨や筋に異常はないようだ。

隼人は利助を立たせると、あらためて集まっている男たちに礼を言い、舫ってある舟の方へ歩きだした。

第四章　火龍

1

大川端で三人の男に襲われた翌日、隼人は天野が巡視から帰るころを見計らって天野家を訪ねた。

隼人が天野の家の近くまで行くと、通りの先に天野の姿が見えた。小者の与之助を連れている。ちょうど、巡視から帰ってきたところらしい。

隼人は天野の家に入らず、木戸門の前で天野を待った。

天野は門前に立っている隼人の姿を目にすると、小走りに近寄ってきて、

「長月さん、何かありましたか」

と、慌てた様子で訊いた。

「天野に、頼みたいことがあってな」

「ともかく、家に入ってください」

「いや、歩きながら話そう。……事件にかかわることだ」

隼人が小声で言った。天野家に上がると、事件のことは話しづらいのである。

「わかりました」

天野は、背後に控えている与之助に、先に家に入って待つよう指示してから、亀島川の方へ足を向けた。

隼人と天野は、事件に関わる話をするとき、亀島川の河岸を歩きながら話すことが多かったのだ。

陽は八丁堀の家並の向こうに沈んでいたが、西の空には茜色《あかねいろ》の残照がひろがっていた。亀島川の川面は、夕焼けを映じて淡い茜色に染まっている。この辺りは日本橋の魚河岸や米河岸が近いせいもあって、日中は荷を積んだ猪牙舟、茶船などが頻繁に行き交っているのだが、いまは船影もなくひっそりとしていた。汀に寄せるさざ波の音が、足元から絶え間なく聞こえてくる。

「実は、昨日、大川端で襲われたのだ」

隼人が切り出した。

「長月さんが！」

天野が足を止めて、目を瞠《みは》った。

「山崎たちを襲った三人組らしい。……利助が手傷を負ったが、命にかかわるような傷ではない」

そう言って、隼人は昨日の様子をあらためて話した。

「長月さんたちまで……。お上を恐れぬ者たちだ」

天野の顔がこわばった。川岸に足を止めたまま、川面を睨むように見すえている。

「迂闊に動けんな。このところ御用聞きたちの動きも鈍いようだし、伝兵衛一家は厄介な相手だ」

一連の事件の黒幕である伝兵衛にどう迫っていくか、隼人は考えていた。

「長月さんの言うとおり、御用聞きたちは、探索に二の足を踏んでいます」

天野が、眉を寄せて言った。

「仕方があるまい。こう何人も、斬り殺されてはな。……だが、探索の手をゆるめることはできんぞ。ここでおれたちが手を引けば、伝兵衛一家はますます好き勝手なことをやるだろう」

隼人の声にも、怒りの響きがあった。

「それでな、天野に頼みがあるのだ」

「何です？」

「伝兵衛一家はおれたちが目をつけたやつらまで、口封じのために始末してしまったのだ。それで、いまはこれといった手掛かりがなくなった」

「……………」

天野は隼人に目を向けたまま次の言葉を待っている。

「だが、伝兵衛一家の縄張《しま》は、浅草だとみている。それでな、浅草に塒のある博奕打ち、ならず者、徒牢人など、何人か挙げてくれ。罪状は何でもいい。博奕でも、喧嘩でも、強請《ゆすり》でもな。……そいつらをたたいていけば、かならず伝兵衛のことが出てくるはずだ」

隼人が低い声で言った。顔が、いつになく険しかった。双眸には、やり手の八丁堀同心らしい鋭いひかりが宿っている。

「わかりました。やってみます」

「天野、油断するなよ。次は、おまえが狙われるかもしれんぞ」

隼人は、探索のおりはできるだけ多くの手先を連れ、襲われそうな場所へは出向かないよう、天野に念を押した。

「油断はしません」

天野が顔をひきしめて言った。

翌日、隼人は豆菊に足を向けた。利助の様子をみにいくとともに、八吉に頼みがあったのだ。

隼人は豆菊の奥の小座敷で、八吉、利助、綾次の三人と会った。利助は、左腕に分厚く晒を巻いていたが、顔色はよかった。

「旦那、今日からでも、探索に歩けやすぜ」

利助が意気込んで言った。

「傷口がふさがるまで、しばらくおとなしくしていろ。……それに、利助は伝兵衛一味に顔を知られているからな」

隼人が言うと、脇に座っていた八吉が、

「利助と綾次には、しばらく店を手伝わせやすよ」

と、小声で言った。

「そうしてくれ。だが、伝兵衛たちの様子が知れてきたら、またふたりに頼むことになるだろうよ」

そう言った後、隼人は、八吉に目をやり、

「今度の事件は、おめえの手も借りてえんだがな」

と、声をひそめて言った。八吉は伝兵衛のことを知っていたし、老いてはいたが、まだ岡っ引きとしての鋭い目を持っていた。伝兵衛一家も、八吉が動きだすことは、しばらく察知できないはずである。八吉なら伝兵衛たちに知られずに、伝兵衛や子分たちの塒を嗅《か》ぎ付けるのではあるまいか――。

「あっしも、そのつもりでいやした」

八吉が、低い声で言った。顔の表情は変わらなかったが、双眸には、小料理屋の親爺とは思えない鋭さがあった。

「それでな、じつはふたつだけ、手掛かりが残っているのだ。辰次郎の情婦《いろ》のお島が、浅草寺界隈の料理屋にいるらしい。……お島の居所を突きとめれば、辰次郎の塒も知れるかもしれんぞ」

隼人が言った。

「やってみやしょう。……それで、旦那は？」

「おれか。おれは、ふたりの武士を突きとめるつもりだ。……手掛かりは、おれと闘った男が遣ったヒリュウの剣だ」

江戸の剣客に詳しい者なら、ヒリュウなる剣を遣う武士のことを知っているかもしれない。

2

八吉と会った翌日、隼人はひとりで八丁堀の組屋敷を出ると、両国に足を向けた。本所石原町《いしわらちょう》に行くつもりだった。

石原町にある野上孫兵衛《のがみまごべえ》の直心影流の道場を訪ねるつもりだった。野上は、隼人が直心影流を修行した団野《だんの》道場の兄弟子だった男である。十数年前、野上は団野道場を出た後、石原町に道場を開いたのだ。

隼人はいまでも野上と親交があり、剣術のことで何かあると野上から話を聞くことが多かった。野上は長く江戸の剣術道場に関わり、自分でも道場をやっていることもあって、江戸の剣壇に詳しかったのだ。

隼人は、大川端で立ち合った武士が遣ったヒリュウと呼ぶ剣のことを、野上に訊いてみたかった。それに、野上ならヒリュウの剣を遣った武士のことを知っているかもしれない。

石原町の町筋をしばらく歩くと、気合や竹刀《しない》を打ち合う音が聞こえてきた。道場で剣術の稽古をしている音である。隼人は、ここ何年も道場の稽古から離れていたので、ひどく懐かしく思えた。

隼人が道場の戸口に立って大声で訪《おとな》いを告げると、いっときして床を踏む足音が聞こえ、稽古着姿の若い門弟が姿を見せた。額に汗がひかり、稽古着も汗で濡れていた。稽古をしていたらしい。

「野上どのは、おられようか」

隼人が訊いた。

「そこもとは?」

門弟が訊いた。隼人のことを知らないらしい。

「長月隼人と伝えてもらえば、わかるはずだ」

「お待ちください」

門弟は、すぐに道場へもどった。

しばらくすると、若い門弟といっしょに野上が姿を見せた。野上も稽古着姿だった。顔に汗がひかっている。

野上は偉丈夫だった。首が太く、胸が厚い。腕も丸太のように太く、どっしりした腰をしていた。五十代半ばだったが、全身に気勢がみなぎり、老いはまったく感じさせなかった。

「長月、よく来たな」

野上が目を細めて言った。

「稽古中でしたか」

隼人は、稽古が終わるまで外で待ってもいいと思った。久し振りで稽古を見たい気持ちもあった。

「いま型稽古《かたげいこ》をしているところでな。そろそろ終わるのだ。どうだ、道場のなかで待ったら」

野上が言った。

型稽古は、打ち合い稽古や試合稽古の後でおこなわれることが多い。

「そうさせてもらいますか」

野上に続いて道場に入ると、六人の門弟がふたりずつ組み、木刀を遣って型稽古をしているところだった。

型稽古は、打太刀《うちだち》（指導者）と仕太刀《しだち》（学習者）に分かれ、直心影流の決まった刀法を学ぶのである。

隼人は、師範座所に野上とともに座して稽古を見た。打太刀のなかに、清国新八郎《きよくにしんぱちろう》の姿があった。清国は二十代後半で、野上道場の高弟だった。長年、野上の指南を受け、道場では屈指の遣い手である。二年ほど前から、師範代として門弟たちに指南している。

野上には妻子がなかったので、御家人の冷や飯食いである清国を養子にして道場を継がせる肚《はら》のようだ。

それから小半刻（三十分）ほどして、型稽古は終わり、門弟たちは道場から帰っていった。

残ったのは、隼人、野上、清国の三人である。まだ、道場内には稽古の余韻や汗の匂いなどが残っていた。

「さて、長月。何の用かな。まさか、稽古を見にきたわけではあるまい」

野上が声をあらためて訊いた。

清国は野上の脇に膝を折って、隼人に目を向けている。

「野上どのに、お訊きしたいことがあって来たのです。……実は、大川端で三人組に襲われ、危うく命を落とすところでしたが、それがしと立ち合った武士が、奇妙な剣を遣ったのです」

「奇妙な剣とな？」

野上が身を乗り出すようにして訊いた。

「ヒリュウ、と称する剣を遣ったのです」

「ヒリュウ……」

野上がつぶやいた。

隼人に向けられた清国の目には、驚きと好奇の色があった。ヒリュウなる剣に興味を持ったのだろう。

「はい」

「どこかで、聞いたような気もするが」

野上は首をひねった。思い出せないらしい。

「構えだけでも、見てください」

隼人は立ち上がって道場に出ると、板壁の木刀掛けにかかっている木刀を手にし、

「このように構えました」

と言って、八相から木刀の先を右手に向けて寝かせた。

「火龍の構えか！」

ふいに、野上が声を上げた。思い出したらしい。

野上は隼人に、ヒリュウとはどのような文字で書くのかを話した。

「さすが野上どの、火龍の剣をご存じでしたか」

隼人は話の先をうながすように言った。

「一度、その構えを見たことがある」

「どこで見ました」

「本郷の大久保《おおくぼ》道場だ」

「神道無念流ですか」

隼人は、本郷に大久保忠助《ただすけ》という神道無念流の遣い手がいて、町道場を開いているのを知っていた。ただ、道場に行ったことも、大久保と会ったこともなかった。

「大久保どのは、九段坂下の斎藤《さいとう》道場で修行した後、本郷に道場をひらいたのだ」

九段坂下には、神道無念流、斎藤弥九郎《やくろう》の練兵館があった。練兵館は、北辰一刀流、千葉周作《ちばしゅうさく》の玄武館、鏡新明智流、桃井春蔵《もものいしゅんぞう》の士学館などと並び、江戸の三大道場と謳《うた》われている大道場である。

「わしは、大久保どのと親交があってな。本郷に出かけたとき、大久保道場に立ち寄ったのだ。そのとき、門弟のなかに奇妙な構えをとる者がいた。……後で、大久保どのに聞いたのだが、その構えを火龍の構えと称し、その構えからくりだす太刀を火龍の剣と呼んでいるそうだ」

「その門弟の名は、わかりますか」

隼人が身を乗り出すようにして訊いた。

「たしか、矢萩京之助《きょうのすけ》だったな」

「矢萩京之助……」

名に覚えはなかった。

「神道無念流に、火龍の剣と呼ばれる刀法があるのですか」

隼人が訊いた。

「ない。火龍の剣は、矢萩が独自に工夫したものらしい」

「……！」

隼人は、大川端で立ち合った武士は矢萩だと確信した。あのような秘剣は、容易に真似ができないからだ。

「ところで、長月、火龍の剣と立ち合ったと言ったな」

「はい」

「わしが、大久保道場で見たとき、矢萩は木刀を遣っていたが、長月は真剣で立ち合ったのか」

「そうです。……そのときの太刀捌きを、やってみましょうか」

「見せてくれ」

「この奇妙な八相の構えから、袈裟に斬り込みます。……咄嗟に、袈裟斬りの太刀を受けようとして刀を振り上げたのですが、払い落とされました。そのとき、刀身に沿って青白い火花が散ったのです」

隼人が、矢萩のとった太刀捌きを真似ながら言った。

「その火花だ。わしが、なにゆえ火龍と称するのか訊くと、敵の太刀を払い落とすとき、青白い火花が散り、それが昇り竜を思わせるからだと言っていた」

「昇り竜……」

眼前で、刀身に沿って散る青白い火花が昇り竜を思わせるのであろう。

「それで二の太刀は？」

野上が訊いた。

「横に払います。それが、恐ろしく迅く、一瞬のうちに切っ先が伸びてきました」

「袈裟から横一文字に返すのだな」

「いかさま」

「恐ろしい剣だな」

野上の顔が一段と厳しくなった。

清国は緊張した面持ちで、ふたりの話を聞いている。

「長月、あらためて、火龍の剣と立ち合うつもりなのだな」

「そうなるかもしれません」

　隼人は、近いうちに矢萩と立ち合うことになるとみていた。

「うむ……」

　野上は、虚空に視線をとめたまましいっとき黙考していたが、

「火龍の剣を破るには、先《せん》をとるしかないかもしれん」

　と、つぶやくように言った。

「先をとる……」

　先をとる、とは、矢萩が八相から袈裟に斬り込む前に仕掛けろ、ということであろう。だが、八相に構えている相手に、先に踏み込んで斬り込むのはむずかしい。

　隼人は、いっとき矢萩の構えた太刀捌きを思い出し、先をとる手を脳裏に描いていたが、なかなかいい手は浮かばなかった。

「ともかく、刀が払い落とされるのを防ぐことだな。払い落とされたときに、隙ができるのだ」

　野上が言った。

3

「野上どの、矢萩の住居を知ってますか」

隼人が念のために訊いた。

隼人は、矢萩の遣う剣のことはともかく、町方同心として矢萩の居所を摑まなければならないと思った。

「知らんな。御家人の次男だというくらいで……」

野上は首をひねった。

「まだ大久保道場に通っているのですか」

「もうやめているだろうな。わしが大久保道場で、矢萩の遣う火龍の構えを見たのは、五、六年も前のことなのだ」

「矢萩家は、大久保道場の近くにあったのでしょうか」

「それも、わからん。……どうだ、明日にも、大久保道場に行ってみるか」

野上が言った。

「そうしていただければ――」

隼人は、道場主の大久保なら、矢萩の住居も知っているかもしれないと思った。

「明日の稽古は、清国に任せよう」

野上が清国に目を向けて言った。

「承知しました」

清国は、口許に笑みを浮かべてうなずいた。清国には、たまには野上も道場から離れ、骨休みをしてもらいたいという気持ちがあるようだ。


翌日、隼人は神田川にかかる昌平橋《しょうへい》のたもとで野上と待ち合わせた。八丁堀に住む隼人も本所に住む野上も、本郷に行く道筋に昌平橋があったのだ。

隼人は羽織袴姿で二刀を帯びていた。八丁堀同心と分かる身装《みなり》だと、大久保に事件の探索のために話を聞きにきたとわかってしまうからである。

隼人は野上と顔を合わせると、昌平橋を渡って湯島に出た。そのまま中山道《なかせんどう》を北に向かえば、本郷に出られる。

湯島の聖堂の裏手を通ってしばらく歩くと、右手に加賀百万石、前田《まえだ》家の上屋敷が見えてきた。その屋敷の手前まで来ると、左手の通りに入った。

「大久保道場は、この先の菊坂町だ」

そう言って、野上はすこし足を速めた。

通り沿いには、旗本の武家屋敷や寺院などが続いていた。人通りはすくなく、時おり供連れの武士や風呂敷包みを背負った行商人などが通りかかるだけである。

やがて、通り沿いには町家が続くようになった。町人地に入ったらしい。野上によると、この辺りから菊坂町だという。

菊坂町に入って間もなく、通りの角にある町道場らしい建物の前で野上が足を止めた。稽古の音は聞こえなかった。すでに、四ツ(午前十時)を過ぎていた。朝稽古が終わった後であろう。

通りに面したところに、簡素な玄関があった。家の側面は板張りになっていて、武者窓がある。

野上が玄関に入り、

「頼もう、どなたかおられぬか」

と声をかけた。すると、せわしそうに板張りの道場の床を歩く足音がし、若侍が顔を出した。

「大久保清次郎《せいじろう》どのだったな。……わしは、野上孫兵衛だ」

野上が、若侍の顔を見るなり言った。若侍を知っているらしい。名と年格好からみて、大久保の倅のようだ。野上は、大久保道場に来たおりに若侍とも顔を合わせていたにちがいない。

「本所の野上さま」

清次郎が言った。

「大久保どのは、おられるかな」

「おります。……そちらのお方は」

清次郎が隼人に目を向けて訊いた。

「長月隼人にござる。野上どのの道場で、稽古をつけてもらっている者です」

隼人は、野上道場の門弟ではなかったので、そう答えた。ただ、剣に関わることで野上に教えを受けたり、ときには稽古をつけてもらうこともある。

「おふたりとも、お上がりになってください。父は、母屋《おもや》におります」

「清次郎どの、できれば道場で大久保どのにお会いしたいのだがな」

野上が言った。母屋に行くと、妻女の手をわずらわせると思ったようだ。

「では、道場でお待ちください」

そう言って、清次郎は野上と隼人を道場に上げた。

ひろい道場だった。掃除が行き届いていて、道場の床板が黒びかりしている。正面の師範座所には、神棚がしつらえてあった。

隼人と野上が、道場の床に座して待つと、清次郎が長身の武士を連れて戻ってきた。大久保らしい。初老である。鬢や髷に白髪が目立った。面長で鼻梁が高く、鋭い目をしていた。背筋が伸び、どっしりと腰が据わっている。身辺には、剣の達人らしい威風がただよっていた。

「野上どの、久し振りだな」

大久保が目を細めて言った。

清次郎は、殊勝な顔をして大久保の脇に膝を折った。

隼人は、あらためて名乗った後、

「大久保どのにお訊きしたいことがあって、参りました」

と言い添えた。

「わしに訊きたいこととは、何かな」

大久保の顔から笑みが消えていた。道場にとって都合の悪い話かもしれない、と思ったのではあるまいか。

「いや、大久保どのの門弟だった男のことでな。わしにも、訊きたいことがあるのだ」

野上が脇から口をはさんだ。

「門弟だった男とは、だれのことかな」

「道場に矢萩京之助という門弟がいたはずだが――」

野上が、矢萩の名を口にした。

「矢萩か……」

急に、大久保が渋い顔をした。脇に座っている清次郎も、顔に嫌悪の色を浮かべている。どうやら、ふたりとも矢萩のことをよく思っていないようだ。

「矢萩は、道場をやめているのか」

野上が訊いた。

「ああ、四年ほど前にな。あやつ、また何か悪事を働いたのか」

大久保が顔をしかめて訊いた。

「実は、それがし、矢萩どのに立ち合いを挑まれまして――」

隼人は、襲われたとは言わなかった。まず、大久保から矢萩の遣う火龍の剣のことを聞き出そうと思ったからである。

「立ち合いをな」

大久保の目に、鋭いひかりが宿った。剣客らしい凄みのある双眸である。

「矢萩どのは、火龍なる剣を遣いました」

「そこもとは、真剣で火龍の剣と立ち合われたのか」

大久保が訊いた。

「はい、危うく命を落とすところでした。咄嗟に後ろに跳んで逃げましたが、さらに闘いを続けていたら、それがし、今ごろ三途《さんず》の川を渡っていたかもしれません」

「うむ……」

大久保が顔をしかめたまま口を閉じた。

「それがし、事情があって、近いうちにまた、矢萩どのと立ち合うことになるかもしれません。それで、矢萩どのが、どのような男か知りたいのです。さきほど、大久保どのは、矢萩どのが悪事を働いたのかと訊かれましたが――」

隼人は、大久保に水を向けた。

「あやつ、剣術は強かったが、門弟だったころから素行が悪くてな。わしも、手を焼いていたのだ」

矢萩は剣の腕が立つのをいいことに門弟を脅したり、商家を強請《ゆす》ったりして得た金で、料理屋や岡場所などに出入りしていたという。

「しだいに悪事がひどくなって、辻斬りをしているらしいとの噂が立ったのだ。それで、やむなく道場をやめさせた次第だ」

その後、矢萩は道場に顔を出さなくなり、道場との縁も切れたという。

「矢萩の家はどこです？」

隼人が訊いた。

「矢萩家は下谷《したや》にあるが、屋敷にはいないのではないかな」

矢萩家は百石の御家人で、矢萩は次男の冷や飯食いだという。

「いま、どこにいるか、ご存じですか」

「さァ、わからんな」

大久保がそう言ったとき、脇に座していた清次郎が、

「下谷から通ってくる門弟が、矢萩の姿を車坂町で見かけたと言ってました。……ちょうど、矢萩が借家らしい家から出るところだったようです」

と、隼人に目を向けて言った。

「車坂町の借家ですか」

下谷、車坂町は寛永寺のある上野山の東方に位置している。狭い町なので、武士の住む借家ということで探れば、突き止められるかもしれない。

「ところで、矢萩といっしょにいることの多い、大柄な武士を知っていますか」

隼人は念のために訊いてみた。

「森泉仙十郎《せんじゅうろう》ではないかな。当時から矢萩と遊び仲間だったらしい。……門弟だったころ、森泉を道場に連れてきたことがある。そのころは、森泉も道場に来ると、他の門弟たちに混じって稽古していたがな」

大久保によると、森泉もかなりの遣い手だったという。

「森泉仙十郎……」

初めて聞く名だった。脇に座している野上に目をやると、首をひねっている。野上も知らないようだ。

それから、隼人は森泉の身分や住居などを訊いてみた。大久保は、森泉も御家人の冷や飯食いらしいと言ったが、他のことは知らなかった。

隼人たちは、話題を矢萩と森泉から江戸の剣壇のことに移し、小半刻（三十分）ほど話して腰を上げた。

「長月どの」

大久保が、立ち上がった隼人に声をかけた。

「そこもとは、矢萩の火龍の剣とふたたび立ち合うつもりか」

「いずれ、立ち合うことになるかもしれません」

「火龍の剣を破るのは、容易ではないぞ」

大久保の顔に憂慮の翳《かげ》があった。

「承知しております」

「……矢萩の初太刀と刀を合わせぬがいい」

大久保が、つぶやくような声で言った。

4

八吉は浅草東仲町に来ていた。東仲町は浅草寺の門前にひろがる繁華街で、表通りには料理屋や料理茶屋が並んでいた。

八吉は、肩に継ぎ当てのある小袖を尻っ端折りし、薄汚れた股引をはいていた。手ぬぐいで、頬っかむりしている。すこし背を丸めて歩く姿は、貧相な年寄りにしか見えなかった。八丁堀同心の手先であることを隠したのである。

八吉は、賑やかな表通りから細い裏路地に入った。料理屋や料理茶屋の裏手にまわって、お島のことを聞き込むつもりだった。八吉のような男が表通りを歩いてお島のことを聞きまわったら、すぐに伝兵衛たちの耳に入り、岡っ引きであることが知れてしまう。

……あれは、橘屋《たちばなや》だな。

八吉は、大きな料理屋の裏手に目をやってつぶやいた。橘屋は東仲町でも名の知れた老舗の料理屋だった。

路地の隅に足を止めて、橘屋の背戸に目をやった。話の聞けそうな者が出てくるのを待つつもりだった。

いっときすると、背戸の引き戸があいて、女中らしい女が姿を見せた。年配の女で、手に大きな笊《ざる》を持っていた。なかには青菜の屑《くず》が入っている。背戸の脇に芥溜《ごみた》めがあるので、そこに捨てに来たらしい。

八吉は女に近づき、

「ちょいと、すまねえ」

と、声をかけた。

「……なんだい、お爺《じい》さん」

女は笊を手にしたまま八吉に顔を向けた。

「おめえさん、橘屋に勤めてるのかい」

「そうだよ。……それが、どうかしたのかい」

女は八吉に体を向けた。顔に怪訝《けげん》な色があった。いきなり、身知らぬ年寄りに声をかけられたからであろう。

「お、おれの娘が、いなくなっちまったんだよ。……この辺りの料理屋に勤めているって聞いたんで、来てみたんだ」

八吉は哀れっぽい声で言った。

「何てえ名なの？」

「お島だよ」

「うちの店に、お島さんというひとはいないよ」

「別の名を使っているかもしれねえ。……近ごろ、店に勤めるようになった女はいねえかい」

「いないよ。ちかごろ、店に来るようになったひとはおよしさんだけど、もう、三月ほどになるよ」

「それじゃあちがうなァ。……お島は、橘屋さんじゃァねえようだ」

お島が、姿を隠して十日も経っていないはずだ。

八吉は、手間をとらせてすまねえ、と女に言い残し、その場を離れた。

それから、八吉は三軒の料理屋の裏手にまわって、お島のことを訊いたが、それらしい女はいなかった。

六ツ半（午後七時）ごろであろうか――。浅草の家並は、淡い夜陰に包まれていた。

裏路地はひっそりとして人影もない。

……また、明日にするか。

八吉はひとりつぶやいて、裏路地を門前通りの方に足を向けた。今日のところは、豆菊に帰るつもりだった。

門前通りへ出る手前に、飯田屋《いいだや》という老舗の料理屋があった。その店の裏手の背戸から、小柄な男が出てきた。年寄りらしく、すこし背が曲がっている。下働きでもしているのではあるまいか。仕事を終えて、帰るところかもしれない。

……あの男に訊いてみるか。

八吉は、小走りに男に近づき、

「とっつァん、ちょいとすまねえ」

と、後ろから声をかけた。

「な、なんだい」

男は驚いたように振り返って、八吉を見た。色の浅黒い丸顔の男だった。額に、横皺が寄っている。

「おめえ、飯田屋に勤めてるのかい」

八吉が愛想笑いを浮かべて訊いた。

「そ、そうだよ。おめえ、だれだい」

「八助《やすけ》ってえんだ。……おれの娘が、急にいなくなっちまってよ。男に騙されたらしいんだが、この辺りの料理屋に勤めていると噂を聞いてな。探してるのよ」

八吉は、咄嗟に偽名を使った。

「そ、そうかい。女は男ができると、夢中になっちまうからなァ」

男は眉を寄せ、目をしょぼしょぼさせながら言った。八吉の話を真に受けたらしい。

「それで、飯田屋にはいねえかい。お島ってえ名なんだ」

「お島……。そういえば、お島ってえ女が、四、五日前《しごんちめえ》から、店に来ているぜ」

男が、急に声を大きくして言った。

「なに、来てるのか！」

八吉の声も、大きくなった。

「座敷に出てるようだ」

どうやら、座敷女中をしているらしい。

「とっつァん、それで、お島といっしょに来た男を見かけなかったかい。目つきのよくねえ、すばしこそうなやろうだ」

八吉は、辰次郎の名を出さなかった。辰次郎が、自分の名を安々と口にするとは思えなかったのだ。

「見たことがあるぜ。……男が裏口近くで待っていてな。お島さんといっしょに帰《けえ》ったようだ」

男によると、二度見掛けたという。

……そいつが、辰次郎だ！

と、八吉は確信した。

二度見かけたということは、ときおり、辰次郎はお島の仕事が終わるころ飯田屋に来て、いっしょに帰っているとみていい。もっとも、辰次郎のような男がわざわざ情婦を迎えに来るとは思えないので、どこかの帰りに立ち寄るだけであろう。

八吉は、お島の帰りを尾けるか、辰次郎が姿をあらわすのを待つかすれば、尻尾が摑めると思った。

「とっつァん、おめえに言っておくことがある」

八吉が、急に語気を強くして言った。

「な、なんだい……」

「いいか。おれのことをお島に話すなよ。親が探しに来たと知れば、あいつはまたどこかへ行っちまうからな。……わかったな」

「わ、わかった」

男が首をすくめながら言った。

5

隼人は下谷、車坂町に来ていた。矢萩の住む借家をみつけるためである。八丁堀同心とわからないように、羽織袴姿で二刀を帯びていた。

表通りの左手が町人地で、町家が続いていた。右手は武家地のため、武家屋敷が並んでいる。

通りは東本願寺や浅草寺の門前へ続いており、結構人通りが多かった。遊山客や参詣客らしい者の姿が目につく。

……裏通りに、入ってみるか。

隼人は通りに目をやりながらつぶやいた。表通り沿いには武家屋敷と表店が並び、借家らしい家屋はなかった。

隼人は、下駄屋の脇に細い路地があるのを目に止めた。路地沿いには、仕舞屋や長屋などもありそうだった。

路地に入ってすこし歩くと八百屋があったので、店先にいた親爺に、この辺りに武士の住む借家はないか訊いてみた。

「この辺りに、お侍の住む借家はありませんよ」

親爺はそう言った後、三町ほど先に借家はありますがね、と言い添えた。

隼人は、ともかく借家を見てみよう、と思い、路地を先に向かって歩いた。しだいに、空《あ》き地や笹藪《ささやぶ》などが目立つようになってきた。人通りもすくなく、小体な店や仕舞屋などが点在しているだけである。

隼人は、路地で出会った近所に住む女房らしい女に声をかけた。

「つかぬことを訊くが、この辺りに借家はあるかな」

女は、怯えたような目で隼人を見ながら、

「……この先にあります」

と、小声で言った。御家人ふうの武士に、いきなり呼びとめられて、怖くなったのかもしれない。

「武士が住んでいると聞いているのだが」

「お侍さまの家もありますよ」

女によると、借家は路地沿いに三棟あり、そのなかの手前の一軒に武士が住んでいるという。

「武士の名がわかるか」

「知りません」

すぐに、女が答えた。

「武士は、ひとり暮らしか」

さらに、隼人が訊いた。

「ちがいますよ。女のひとといっしょです」

そう言ったとき、女は隼人を上目遣いに見て口許に薄笑いを浮かべた。何か、男と女のよからぬことでも想像したのかもしれない。

「妾か……」

隼人が、急に声をひそめて訊いた。

「そうですよ」

女も、つられて声をひそめた。目に卑猥《ひわい》な色が浮いている。

「いや、手間をとらせた」

隼人は女と別れると、路地の先に向かった。はたして、矢萩が住んでいるかどうか確かめねばならない。

……あれか。

路地沿いに借家らしい仕舞屋が、三棟続いていた。同じ造りの小体な家である。女の話では、その手前の家に武士と女が住んでいるとのことだった。

隼人は、足音をたてないように手前の家に近づいた。矢萩が家にいて隼人を目にすれば、御家人ふうに身を変えていても、すぐに気づくはずだ。

家の手前は空き地になっていて、丈の高い笹が繁茂《はんも》していた。隼人は、その笹藪の陰にまわった。戸口は見にくいが、家のなかの物音は聞こえるはずである。

隼人は笹藪の陰に身を隠すと、耳を澄ました。

家のなかで、物音が聞こえた。障子を開け閉めするような音である。

つづいて、「おまえさん」という女の声が聞こえた。男が何か答えたようだが、外からでは何を口にしたのかわからなかった。さらに、女と男の声がしたが、話の内容は聞き取れなかった。

……しばらく、様子を見るか。

隼人は、頭上の西の空に目をやった。

陽は家並の向こうに沈みかけていた。あと、半刻（一時間）もすれば、暮れ六ツ（午後六時）の鐘が鳴るのではあるまいか。

隼人は暮れ六ツの鐘が鳴るまでこの場に身をひそめて、家にいる男が姿をあらわすのを待つことにした。

それから、小半刻（三十分）ほど過ぎた。まだ、西の空には陽の色があったが、隼人のいる場所から陽は見えなくなっていた。笹藪の陰には、淡い夕闇が忍び寄っている。

そのとき、家のなかで、障子をあけるような音がし、「行ってくるぞ」という男の声が聞こえた。

……矢萩らしい！

と、隼人は思った。その声が、大川端で襲われたとき聞いた声と似ていたのである。廊下を歩くような音がした後、戸口の引き戸を開ける音が聞こえた。家から路地に出たらしい。ただ、隼人のいる場所からは、笹藪が邪魔になって男の姿は見えなかった。

路地を歩いてくる足音が聞こえた。隼人は、笹藪の隙間から、足音の聞こえる方を見つめた。

藪を透かして男の姿が見えた。

……矢萩だ！

その体軀《たいく》に見覚えがあった。大川端で、隼人と立ち合った男にちがいない。

矢萩は懐手《ふところで》をして、表通りの方へ歩いていく。

隼人は矢萩の姿が一町ほど遠ざかったところで、笹藪の陰から路地に出た。行き先を突き止めようと思った。うまくすれば、伝兵衛か森泉の隠れ家へ行くかもしれない。

矢萩は表通りに出ると、山下の方へ足を向けた。山下は料理屋、料理茶屋、水茶屋などの多い賑やかな通りで、上野山の東側に位置している。

矢萩が、山下の縄暖簾を出した飲み屋に入った。店先に赤提灯《あかちょうちん》を出した店で、飲み屋にしては大きかった。盛っている店らしく、酔った客の濁声《だみごえ》や哄笑などが賑やかに聞こえてきた。

隼人は飲み屋の前でしばらくのあいだ張っていたが、

……今夜は、ここまでか。

と、つぶやいた。矢萩は飲みに来ただけらしい。

6

隼人が黒羽織を羽織っていると、おたえが姿を見せ、

「旦那さま、八吉さんが来てますよ」

と、身を後ろに反らせるようにして言った。

腹が日ごとに膨らんでいる。おたえは、腹を押さえては、「赤子が動いた」「おなかを蹴った」などと目を瞠《みひら》いて言うが、出産の兆候はまだないらしい。それでも歩くのは大儀そうである。

「八吉、ひとりか」

隼人が訊いた。

「利助さんもいっしょです」

おたえは、八吉も利助も知っていた。

「行ってみよう」

隼人は、座敷の脇の刀掛けに置いてあった兼定を手にすると、

「おたえ、見送らなくてもいいぞ」

と言い置いて、障子をあけた。

戸口に出ると、八吉と利助、それに庄助が挟み箱をかついで待っていた。出仕の供をするつもりで、待っていたのである。

「八吉、何かあったのか」

隼人は土間に下りると、すぐに訊いた。

「旦那の耳に入れておきてえことがありやして」

八吉が小声で言った。

「ちょうどよかった。おれも、八吉たちに話しておきたいことがあってな、豆菊に行くつもりだったのだ」

隼人は、八吉たちとともに木戸門から八丁堀の通りに出た。隼人は、このまま南町奉行所に出仕するつもりだった。もっとも八吉の話によっては奉行所へ行かず、八吉たちと同行することになるかもしれない。

同心の組屋敷のつづく通りを歩きながら、

「利助、傷はどうだ」

と、訊いた。

「このとおりでさァ」

利助が左腕をまわして見せた。まだ、大きくは動かせないようだったが、だいぶ癒えてきたらしい。

「そいつは、よかった」

そう言うと、隼人は八吉に目をやり、「何か知れたのか」とあらためて訊いた。八吉がわざわざたずねて来たからには、何か摑み、知らせにきたのだろうと思ったのだ。

「へい、辰次郎の塒が知れやした」

八吉が小声で言った。

「知れたか!」

　思わず、隼人の声が大きくなった。

「やつは、浅草三間町《さんげんちょう》の借家にお島とふたりで暮らしていやした」

　八吉の話によると、お島が飯田屋という料理屋に勤めていることを摑み、店の裏手を見張ったという。

　辰次郎は、なかなか姿を見せなかった。もっとも、八吉の張り込みは、お島が店の仕事を終えて帰る夜更のいっときだけだったので、長時間にわたったわけではない。八吉が飯田屋の裏手に張り込むようになって三日目、辰次郎が姿を見せた。八吉はお島と辰次郎の跡を尾け、ふたりが三間町の借家に入ったのを確かめた。

　翌日、八吉はあらためて三間町に出かけ、借家の近くで聞き込み、辰次郎とお島が半月ほど前から住むようになったことをも摑んだのである。

「ともかく、旦那の耳に入れておこうと思ってきやした」

　八吉が、小声で言い添えた。

「さすが、八吉だ。やることが早《はえ》え」

　隼人が感心したように言うと、八吉の後についてきた利助が、

「親分の腕は、まだ鈍っちゃァねえ」

と、声高に言った。

「それで、旦那もあっしらに何か話すことがおありだとか――」

八吉が、隼人を見上げて訊いた。

「おれも、矢萩の塒を摑んだのだ」

隼人が、車坂町にある矢萩の住む借家を摑むまでの経緯をかいつまんで話した。

「これで、辰次郎と矢萩の居所が知れたわけで」

八吉が言った。

「そうだな」

「どうしやす?」

八吉が小声で訊いた。

「まだ、肝心の伝兵衛と子分の居所が知れねえ」

三下はともかく、伝兵衛の周囲にいる主だった子分もまだ摑んでいなかった。

「すこし、泳がせやすか」

「おれと繁吉とで、矢萩に目をくばる。八吉と利助とで、辰次郎を頼む」

辰次郎と矢萩は、伝兵衛の隠れ家に行くことがあるはずだ。跡を尾ければ、居所が摑めるかもしれない。

「承知しやした」

そう言うと、八吉は足を止め、

「今日から、辰次郎を尾けてみやす」

と言い残し、利助とふたりでその場を離れた。


その日、隼人は南町奉行所に出仕すると、同心詰所に姿を見せた天野と横山からこれまでの探索の様子を聞いた。ふたりとも、伝兵衛や主だった子分たちの居所は、摑めていないようだった。ただ、ふたりとも伝兵衛の子分らしい男を摑んでいて、その身辺を洗っているところだという。

「手先たちが怖がって、あまり動かねえ。それで、困っているんだ」

横山が渋い顔をして言った。

「ともかく、手先たちを手にかけた下手人をお縄にすることだな」

そう言った後、隼人は、ふたりに辰次郎と矢萩の隠れ家を摑んだことを話し、

「ひとまず、ふたりのことは、おれに任せてくれ」

と、言い添えた。天野と横山たちの手先が辰次郎と矢萩の身辺を嗅ぎまわると、辰

次郎たちが警戒して、姿を隠す恐れがあったのだ。

奉行所を出た隼人は深川へ足を運び、繁吉と浅次郎に会った。そして、矢萩の家を見張り、跡を尾けるよう指示した。

ところが、繁吉たちが矢萩を見張るようになって数日経っても、探索の進展はなかった。矢萩は山下の飲み屋や浅草寺近くの料理屋などに出かけるだけで、伝兵衛一家の者たちと会う気配すらなかったのだ。

一方、八吉たちも辰次郎の跡を尾けたが、やはり伝兵衛や主だった子分の塒は摑めなかった。

隼人はとうとう豆菊に足を運び、

「辰次郎を捕らえて、吐かせよう」

と、八吉と利助に伝えた。これ以上、見張りを続けるより辰次郎を捕らえて自白させる方に賭けたのである。

第五章　訊問

1

「辰次郎を捕るつもりだ」

隼人が、天野に言った。

ふたりは、いつものように亀島川の河岸を歩きながら話していた。暮れ六ツ（午後六時）を過ぎていた。河岸は淡い夕闇に包まれている。辺りは静かで、汀《みぎわ》に寄せる川波の音が足元から聞こえてくる。

「わたしも、捕方に加わりましょうか」

天野が川岸に足を止めて言った。

「いや、相手はひとりだ。おれたちだけで十分だよ」

そう言ったが、隼人は、辰次郎といっしょに暮らしているお島も捕らえるつもりでいた。お島も何か知っているのではないかとみていたのだ。

「それより天野、伝兵衛の子分らしい男をひとり摑んだと言っていたな」

隼人が訊いた。

「はい、定助《さだすけ》という男で、蔵前にある米問屋、川村屋《かわむらや》を強請ったらしいんです」

天野によると、定助は川村屋の倅の吉之助《きちのすけ》が、浅草の菊江《きくえ》という芸者に熱を上げていることに目をつけ、仲間のならず者ふたりと大柄な武士を連れて川村屋に押しかけ、

「吉之助は、おれの女房に手を出した。おれの手で、菊江と吉之助を殺してやるから、ここに出せ」

と、凄んだという。

そして、川村屋のあるじの喜右衛門《きえもん》に、吉之助を助けたければ五百両出せ、と要求した。喜右衛門は、吉之助が菊江を料理茶屋に呼んで何度も会っていることを知り、五百両で済めばと思って、渡したという。

「その大柄な武士が、森泉らしいんです」

天野が言い添えた。

「定助を叩けば、森泉の居所が摑めるかもしれんな」

さらに、定助は伝兵衛の隠れ家も知っているかもしれない、と隼人は思った。

「はい、定助は森泉といっしょに二度川村屋に来てますから、森泉とは何度も会って

いるはずです」

「ところで、定助の塒を摑んでいるのか」

「材木町の長屋です」

浅草材木町は駒形町に隣接し、大川沿いにひろがっている。

「天野、辰次郎と同じ日に定助を捕らえるか」

ふたりいっしょに訊問すれば、早く吐くかもしれない。それに、辰次郎を捕らえたことで、定助が姿を消すおそれもなくなるだろう。

「わかりました。わたしが、定助を捕らえます」

天野が意気込んで言った。

「それで、いつにする」

「明後日は、どうです」

天野によると、手先たちに伝えるために一日必要だという。

「明後日の夕方だな。……相手は町人だ。巡視の途中で捕らえたことにしよう」

隼人は、できるだけ伝兵衛一家に気づかれないように動きたかったのだ。

その日、隼人は陽が西の空にまわってから、庄助とともに八丁堀の組屋敷を出た。

辰次郎を捕らえに浅草三間町に向かったのである。途中、隼人は豆菊に立ち寄った。そこで、八吉、利助、綾次の三人が加わった。

一方、繁吉と浅次郎は、三間町の辰次郎の隠れ家を見張っているはずだった。隼人は八吉を通して繁吉と浅次郎に、辰次郎を捕らえることを伝え、今日は繁吉たちが先に行って、隠れ家を見張ることになっていたのだ。それに、繁吉が駒形町の桟橋に舟を用意することになっていた。捕らえた辰次郎を、舟で南茅場町の大番屋まで連れていくのである。

隼人たち五人が駒形堂の前まで来ると、浅次郎が待っていた。

「どうだ、辰次郎は家にいるか」

すぐに、隼人が訊いた。家にいなければ、辰次郎を捕らえることはできない。

「おりやす。お島もいっしょですぜ」

浅次郎が、緊張した面持ちで言った。

「繁吉は？」

その場に、繁吉の姿がなかった。

「親分は、辰次郎の塒を見張っていやす」

「おれたちも行こう」

隼人は、西の空に目をやった。陽は沈みかけていた。西の空が茜色に染まっている。それでも、駒形堂の前は賑わっていた。老若男女の参詣客、それに遊山客などが行き交っている。

隼人たちは、浅草寺の門前通りを横切り、町家の続く路地に入った。その路地を西にむかえば、三間町はすぐである。

しばらく路地を歩いた後、浅次郎が路傍《ろぼう》に足をとめ、

「そこの米屋の斜前の家が、やつの塒でさァ」

と、小声で言った。

三軒先に、舂米屋《つきごめや》があった。店のなかに、米俵や唐臼が見える。客の姿はなく、親爺らしい男が米俵を動かしている。

その米屋の斜前に、仕舞屋があった。通りに面した戸口の板戸は閉まっていた。

「繁吉は？」

「あっしが、呼んできやす。旦那たちは、ここにいてくだせえ」

そう言い残し、浅次郎は小走りに仕舞屋の方に向かった。

隼人たちは、路傍の樹陰にまわって浅次郎が戻るのを待った。路地にはちらほら人影があり、立っている隼人たちに不審そうな目を向ける者もいた。それで、樹陰に身

を隠したのである。

そのとき、暮れ六ツ（午後六時）の鐘が鳴った。鐘が鳴り終わると、路地のあちこちで表戸をしめる音が聞こえだした。店仕舞いを始めたのである。

「旦那、来やす！」

綾次が、声を上げた。

浅次郎と繁吉が、小走りにこちらに向かってくる。隼人たちは樹陰から出て、浅次郎たちが近づくのを待った。

繁吉が隼人に身を寄せて、

「旦那、辰次郎はいやすぜ」

と、声を殺して言った。

「それで、家の裏手からも出入りできるのか」

隼人は、裏口があれば、八吉に頼んで固めてもらおうと思っていた。

「背戸がありやす」

繁吉によると、家の脇から裏手にまわれるようになっているという。

「八吉、鉤縄は持ってきたか」

「ありやすよ」

八吉が、懐に手をやった。

「八吉たちは裏手を固めてくれ」

隼人は、八吉、利助、綾次、庄助の四人で裏手を固めるよう指示した。表からは、隼人、繁吉、浅次郎の三人が踏み込むことになる。

「承知しやした」

八吉が言うと、利助たちが顔を引きしめてうなずいた。

「よし、行くぞ」

隼人たちは、仕舞屋に向かった。

2

家の前まで来ると、八吉たち四人は足音を忍ばせて裏手にまわった。隼人たちは、八吉たちが裏手に着いたころを見計らって、表の戸口に向かった。

隼人は家の前まで来ると、戸口の引き戸に身を寄せて家のなかの様子をうかがった。

床板を踏む足音が聞こえる。――続いて障子をあけるような音がし、人声がかすかに聞こえた。何を言っているか聞き取れなかったが、女の声であることはわかった。お島であろう。

「踏み込むぞ」

隼人が小声で言い、繁吉に戸を開けるよう指示した。

繁吉が戸を引くと、簡単に開いた。まだ、戸締まりをしてなかったようだ。

隼人たちは、土間に踏み込んだ。狭い板間があり、その先の障子がしめてあった。右手に奥へ続く廊下がある。

家のなかの話し声はやんでいたが、障子の向こうにひとのいる気配がした。辰次郎とお島は、その座敷にいるらしい。

隼人は、そっと板間に上がった。繁吉と浅次郎が続く。すでに十手を手にしていた。緊張しているらしく、ふたりの顔がこわばっている。

ミシ、ミシ、と音がした。板間の根太《ねだ》が、軋《きし》んで音を立てたようだ。

「だれでえ！」

ふいに、障子の向こうで男の声がひびき、ひとの立ち上がる気配がした。

隼人は兼定を抜き、刀身を峰に返した、辰次郎を峰打ちで仕留めるつもりだった。

カラリ、と障子があいた。

姿を見せたのは、大川端で隼人たちを襲った町人体の男、辰次郎である。

「てめえは！」

辰次郎が、叫んだ。唇がひき攣り、目がつり上がっている。

「辰次郎、神妙に縛につけい！」

隼人が刀を低い八相に構えて、辰次郎に近寄った。

繁吉と浅次郎は十手を手にし、御用！　御用！　と声を上げた。

そのとき、辰次郎の後ろで、

「お、おまえさん！　町方だよ」

と女の甲走《かんばし》った声が聞こえた。

「ちくしょう！　つかまってたまるか」

叫びざま、辰次郎は障子を荒々しくしめた。逃げる気らしい。

隼人は障子に走り寄って、開け放った。辰次郎が右手の障子を開けて、廊下に逃げようとしている。お島が辰次郎の着物の裾を摑んで、「あ、あたしを、助けて！」と叫んだ。

「どけ！」

辰次郎が、お島を足蹴《あしげ》にした。

ヒイイッ！　と、お島は悲鳴を上げ、四つん這いになって部屋の隅へ逃れようとした。着物が乱れ、ひろがった襟元から乳房があらわになっている。

辰次郎は、廊下に飛び出した。匕首を手にしていた。逃げながら、懐から取り出したらしい。

……逃がさぬ！

隼人も、辰次郎を追って廊下へ出た。

薄暗い廊下だった。突き当たりは、台所らしい。暗い土間と竈が見えた。

辰次郎は廊下の端まで来て、ふいに足をとめた。台所の薄闇のなかに立っている人影を目にしたようだ。

八吉たち四人だった。八吉は、鉤縄を取り出し、右手でちいさくまわしていた。利助と綾次は、十手を手にして身構えている。

四人の目が、闇のなかで青白くひかっていた。獲物を待っている四匹の狼のようだ。

「辰次郎、逃げられねえぜ」

八吉が低い声で言った。まわしている鉤が、黒い生き物のように見える。

「やろう！」

叫びざま、辰次郎が匕首を手にし、八吉に向かって突っ込んだ。

瞬間、八吉が、

「これでも、くらえ！」

と叫びざま、手にした鉤を投げた。

シュル、と細引の伸びる音がし、続いて鉤が黒い飛鳥のように辰次郎の胸元に飛び、肌を打つ鈍い音がした。

ギャッ！　と叫んで、辰次郎が身をのけ反らせた。鉤が辰次郎の胸にあたったのだ。

辰次郎が、よろめいた。そこへ、後ろから踏み込んだ隼人が、辰次郎の脇腹に峰打ちをみまった。

辰次郎は呻《うめ》き声を上げ、脇腹をおさえてうずくまった。

「捕れ！」

隼人が声を上げると、利助たちは素早い動きで辰次郎に飛びつき、両腕を後ろにとって早縄をかけた。

隼人たちは、辰次郎を連れて表の座敷に戻った。座敷では、繁吉と浅次郎がお島を取り押さえ、後ろ手に縛っていた。

「騒がれては面倒だ。ふたりに、猿轡《さるぐつわ》をかましてくれ」

隼人が男たちに言うと、すぐに繁吉や利助が手ぬぐいを取り出して、捕らえた辰次郎とお島に猿轡をかました。

隼人たちは人影のない裏路地や新道を辿って、駒形町の桟橋につないである猪牙舟まで、辰次郎とお島を連れていった。このまま、南茅場町の大番屋へ連行するのである。

一方、天野も暗くなるのを待って、七人の捕方とともに材木町の長屋に踏み込んだ。そして、定助と房吉《ふさきち》という三下を捕らえた。ふたりは、長屋で酒を飲んでいたのだ。天野たちも近くの船寄に猪牙舟を用意しておき、捕らえたふたりを乗せて南茅場町の大番屋へ連れてきた。

先に大番屋に戻っていた隼人は、天野と顔を合わせると、

「うまく捕らえたようだな」

と、声をかけた。

「房吉という手先もいっしょに捕らえました」

天野が、ほっとした表情で言った。

「四人の吟味は、明日からだな」

「はい」

天野が目をひからせてうなずいた。

すでに、子《ね》ノ刻（午前零時）ちかいのではあるまいか。大番屋は、夜の静寂《しじま》に包ま

れていた。ときおり、仮牢の方から呻吟《しんぎん》が聞こえてきた。辰次郎や定助が捕縛されるときに打擲されたところが痛むのかもしれない。

3

翌朝、隼人は仮牢にいるお島を最初に吟味の場に引き出した。隼人は、お島から訊問することにしたのだ。お島は、すぐに口を割るだろう、と隼人はみていた。お島が知っていることを聞き出した上で、辰次郎を吟味すれば、責めやすいはずである。

隼人が一段高い座敷のなかほどに座し、天野は隼人の脇に控えていた。天野はお島の吟味が終わった後、定助といっしょに捕らえた房吉を吟味することになっていた。

お島は土間に敷かれた筵《むしろ》に座らされ、激しく身を顫わせていた。顔が蒼ざめ、唇はひき攣ったようにゆがんでいる。

「お島だな」

隼人が穏やかな声で訊いた。

「……は、はい」

お島が声を震わせて答えた。

「お島、おまえが辰次郎の悪事に加わったかどうか知らぬが、隠し立ていたせば、辰次郎と同罪とみなされ、打首獄門は、まぬがれられないぞ」

「わ、わたしは、何も悪いことはしておりません」

お島が、声を震わせて言った。

「ならば、隠し立てしないことだな」

「……正直に、お話しします」

お島は、訴えるような目で隼人を見た。

「そうか。……では、訊くぞ。辰次郎は、多くの悪事を働いた上に、御用聞きを何人も殺し、町奉行所の同心まで襲って大怪我をさせたのだが、そのことは知っているかな」

「……し、知りません」

お島の顔から血の気が引き、体が瘧慄《おこりぶる》いのように激しく顫えだした。お島は、辰次郎がそれほどの大罪を犯していたとは、思っていなかったのだろう。

「それだけの悪事を、辰次郎ひとりでできるわけがない。仲間がいるのだ。……武士がふたりいることは、わかっている。……お島、大柄な武士が、三間町の家に訪ねてきたことはないか。名は森泉仙十郎だ」

隼人は森泉の名を出して訊いた。

「森泉さまが、家にみえたことはあります」

すぐに、お島が答えた。隠す気はないようだ。

「そうか。……森泉だが、家はどこにある？」

「知りません。ただ、福井町に帰る、と口にされたのを聞いたことがあります」

「福井町か」

浅草福井町は、浅草御門の近くにひろがっている。

それから、辰次郎の他の仲間のことも訊いたが、お島は知らないようだった。

「ところで、お島、辰次郎の親分のことを聞いたことがあるか」

隼人が、声をあらためて訊いた。

「い、いえ、知りません」

「伝兵衛の名を聞いたことがあろう」

「は、はい。ご隠居さんとか……」

辰次郎は、お島に伝兵衛のことを隠居と話していたようだ。

「伝兵衛は、どこに住んでいる？」

「し、知りません」

お島は首を横に振った。

「まったく、聞いてないのか」

隼人が、さらに訊いた。

「あのひと、伝兵衛さんのことを聖天のご隠居と呼ぶことがあったので、聖天町に住んでいると思ってました」

「聖天町か」

お島に聖天町のどの辺りか訊いたが、それ以上は知らないようだった。

「お島、牢に戻っていろ。また、何か訊くことがあるかもしれん」

そう言って、隼人は牢番にお島を連れて行かせた。

お島につづいて、房吉が吟味の場に引き出された。房吉も、ひどく怯えていた。顔が蒼ざめ、体が小刻みに顫えている。

房吉の吟味にあたったのは、天野だった。房吉も、白を切ったりすれば打首獄門はまぬがれられないと脅すと、知っていることはしゃべったが、三下らしく、たいしたことは知らなかった。

房吉の話からわかったことは、兄貴格の定助が、親分と呼んでいる男が、伝兵衛の他にいることだった。

「その親分の名は？」

天野が語気を強くして訊いた。

「源五郎親分で」

房吉が、首をすくめながら言った。

「源五郎は、どこにいる？」

「聖天町でさァ」

「聖天町で、何をしている？」

「鳴子屋《なるこや》ってえ料理屋をしていやす」

「鳴子屋な」

天野が、そこで口をつぐむと、脇に座していた隼人が、

「聖天町に、伝兵衛が住んでいるのを知っているな。……ご隠居と呼ばれているかもしれん」

と、房吉を見すえて訊いた。

「へえ、大親分がご隠居と呼ばれているのは知っていやすが、どこに住んでいるのかはわからねえ」

「うむ……」

伝兵衛は大親分とも呼ばれているようだ。

それから、天野が源五郎の子分のことを訊くと、何人か名前を挙げ、いずれも鳴子屋で若い衆や包丁人などをしているとのことだった。

天野は房吉につづいて、定助を吟味の場に引き出して訊問した。定助は当初口をつぐんで何も話さなかったが、すでに房吉とお島が口を割ったことを知り、拷問をほのめかされると、すこしずつ話すようになった。

ただ、定助も肝心のことは知らなかった。答えたのは、房吉とお島が口にしたようなことばかりである。

定助の自白で新たにわかったのは、大親分と呼ばれる伝兵衛は、鳴子屋の近くに情婦といっしょに暮らしていることだった。

定助によると、伝兵衛は陰で源五郎に指図しているらしいという。

隼人は定助の訊問が終わったとき、

……だいぶ様子が知れてきたな。

と、胸の内でつぶやいた。

大親分と呼ばれる伝兵衛を頂点に、親分の源五郎の存在、森泉と矢萩、それに主だった子分たちのつながりが見えてきた。

4

「辰次郎、面《おもて》を上げろ」

隼人が声をかけた。

調べの場に引き出された辰次郎は、筵に座らされると一度隼人を見ただけで、顔を伏せてしまった。八吉の鉤と隼人の峰打ちを浴びた胸と脇腹が痛むのか、苦しげに顔をしかめていた。

隼人の声で、辰次郎は顔を上げると、憎悪に顔をゆがめて隼人を睨むように見すえた。

「腹が痛むか」

隼人がおだやかな声で訊いた。

「痛かァねえよ」

辰次郎が、ふて腐れたような顔をした。

「そうか。ならば、包み隠さず話してもらうぞ」

「八丁堀の旦那に、話すことなんかありませんや」

辰次郎が、吐き捨てるように言った。

……こいつは、一筋縄ではいかねえな。

隼人は、下手《へた》に拷問で痛めつけても、辰次郎は口を割らないような気がした。

「そうかもしれんな。実は、こちらにもあまり訊くことはないのだ」

隼人は、拷問ではなく、別の手で辰次郎にしゃべらせようと思った。

「………」

辰次郎の顔に戸惑うような色が浮いたが、すぐに憎悪の表情に戻った。

「お島がな、おれたちの訊きたいことは、あらかた話してくれたのだ。それに、房吉と定助もな」

辰次郎は、房吉と定助も捕らえられ、すでに吟味されたことは知っていた。

「それなら、おれに訊くことはあるめえ」

辰次郎が、揶揄《やゆ》するように言った。

「いや、おまえがしゃべったお蔭《かげ》で、伝兵衛や源五郎のことが知れたと仲間たちに思われたら、おまえとしても、おもしろくないだろうと思ってな」

「どういうことだい」

辰次郎が、隼人に目を向けた。

「おまえは、お島の前でいろいろしゃべったな。そのお島が、おれたちに洗いざらい話した。伝兵衛も源五郎も、おまえの口軽のお蔭で仲間のことも隠れ家も町方に知れた、と思うだろうな」

「なんだと。おれは、お島にもしゃべっちゃァいねえぜ」

辰次郎が、声を強くして言った。

「しゃべったさ。おまえはお島の前で、伝兵衛のことをご隠居と呼んでいたそうだな。……そのご隠居が、聖天町に住んでいることも、お島の前で口にしたことがあったはずだ。お島は、そのことを覚えていて、おれたちに話した。それで、伝兵衛が聖天町に身を隠していることが知れたわけだ」

「…………！」

辰次郎の薄い唇が、ひき攣ったようにゆがんだ。

「伝兵衛は、情婦といっしょに隠居所に身を隠しているそうだな」

伝兵衛が情婦といっしょに住んでいることは、定助から聞いたことだった。また、隠居所とは聞いてなかったが、鎌をかけてみたのである。

「お島のやろう、そんなことまで話したのか」

辰次郎の声が怒りに震えた。

どうやら、伝兵衛の隠れ家は隠居所のような家屋らしい。

「それだけじゃァねえぜ。……森泉が、おめえの家に来たことがあるだろう。そのとき、森泉が迂闊にもお島の前で、福井町に帰る、と口にしたそうだよ。お島はそれも覚えていて、おれたちにしゃべった。お蔭で、森泉の塒が福井町にあることも知れたわけだ。……それだけ分かりゃァ、すぐに森泉の居所は突きとめられるぜ」

隼人は、伝法な物言いをした。

「…………！」

辰次郎の顔が、お島への憤怒にゆがんだ。

「辰次郎、伝兵衛や森泉はどう思うかな。……おまえが情婦《おんな》の前でべらべらしゃべったお蔭で、隠しておいたことがみんなばれちまったんだ。拷問で口を割ったのより、おめえのことをけちな野郎だと思うはずだぜ」

「ちくしょう！」

辰次郎が、叫んだ。

「辰次郎、観念しな。……おまえがしゃべろうが、口をつぐんでいようが、たいした変わりはないんだ」

隼人が静かな声で言った。

「…………」

辰次郎の肩が、がっくりと落ちた。

それから隼人は、辰次郎に伝兵衛の身辺にいる者のことを訊いた。辰次郎は放心して、あまり口をひらかなかったが、用心棒役として矢萩か森泉のどちらかがいるらしいことがわかった。また、源五郎の子分のなかにも、匕首を巧みに遣う者がいるそうである。

隼人は、辰次郎を牢に戻すと、

「天野、手分けして伝兵衛と源五郎の居所を探ってみよう」

と、天野に言った。はたして、伝兵衛や源五郎が隠れ家にいるかどうか、確かめねばならない。

「承知」

天野が目をひからせて言った。天野も気が昂っているようだ。無理もない。やっと、伝兵衛とその一党の居所が知れるのである。

翌朝、隼人は豆菊に足を運び、まず、八吉と利助に四人の吟味で知れたことをかいつまんで話し、

「伝兵衛の隠れ家を摑みたい」

と、語気を強めて言った。まだ、隠居所が聖天町のどこにあるか摑んでいなかったのだ。

「旦那、やりやしょう」

利助が、昂った声をあげた。駒形伝兵衛と呼ばれている大物の居所が知れそうなので興奮しているらしい。

「これから、聖天町へ行くつもりだが、八吉、手を貸してもらえるか」

隼人は、八吉の岡っ引きとしての目や勘を借りたかったのだ。

「へい」

八吉が、顔をひきしめてうなずいた。

5

隼人は、八吉と利助を連れて豆菊を出た。綾次は、店においてきた。隠居所と呼ばれる伝兵衛の隠れ家を探りに行くのに、人数はいらなかった。三人でも、多いくらいである。八吉と利助は手ぬぐいで頰っかむりし、腰切半纏に股引姿だった。

八ツ（午後二時）ごろだったが、曇天のせいで浅草の町筋は薄暗かった。隼人たち三人は、駒形堂の前を通って大川にかかる吾妻橋のたもとまで来た。さらに北に歩くと、聖天町に出られる。

　隼人たちは浅草寺の堂塔を左手に見ながら歩き、聖天町の町筋に入った。聖天町は浅草寺から近く、歌舞伎小屋のある猿若町と隣接しているので、参詣客や芝居見物の客などで賑わっていた。

「鳴子屋はこの辺りにあると聞いているが、どこかな」

　隼人が、通りに目をやりながら言った。

　すると、八吉が
「ちょいと、訊いてみやしょう」

と言い残し、通り沿いの小間物屋に入った。隼人たちが、路傍に足をとめて待つと、八吉が小走りに戻ってきた。

「知れたか」

　隼人が訊いた。

「へい、この通りの先でさァ」

八吉によると、表通りを二町ほど行くと、右手に二階建ての料理屋があり、それが鳴子屋だという。

「行ってみよう」

隼人たちは、表通りを歩いた。

「あの店ですぜ」

八吉が、前方を指さした。通りの右手に、二階建ての料理屋らしい店が見えた。

「すこし離れて歩くか」

そう言って、隼人は先に立った。御家人ふうの隼人と職人ふうの八吉たちが、いっしょに歩いていて不審を抱かれては元も子もない。

隼人は、鳴子屋の前ですこし足をゆるめただけで、立ち止まらずに通り過ぎた。鳴子屋は、老舗らしい大きな店だった。すでに、二階に客がいるようだったが、弦歌の音や酔客の哄笑などは聞こえなかった。女の嬌声や笑い声などが、かすかに耳に届いた。静けさのなかに、淫靡《いんび》な雰囲気がただよっている。

隼人は鳴子屋の店先から一町ほど歩いたところで足を止めた。後から来た八吉と利助も、店先で足を止めなかったらしく、すぐに隼人に近づいてきた。

「静かな店だが、あまり盛ってないのかな」

隼人が訊いた。

「盛っているはずですがね」

八吉が首を傾げた。

「場所もいいし、店構えもなかなかだからな。客がついていいはずだが……。まァ、鳴子屋のことは天野に任せよう。それより、おれたちは、伝兵衛の隠れ家だ」

隼人は天野と相談し、鳴子屋は天野が探り、隼人は伝兵衛の隠れ家になっている隠居所を突きとめることになっていたのだ。

「隠居所は鳴子屋の近くにあるらしいが、この通りに、それらしい家はないな」

隼人は、表通りではないような気がした。

「眺めのいい聖天宮の方かもしれやせんぜ」

待乳《まつち》山《やま》聖天宮から大川をのぞむと、景観が美しいことで知られていた。

「行ってみるか」

隠居所を造るなら、賑やかな通りより眺めのいい地を選ぶのではないか、と隼人も思った。

隼人たちは表通りから、左手の路地に入った。待乳山聖天宮は、それほど遠くなかった。聖天宮が近づいたところで、

「この辺りで、訊いてみやす」

八吉がそう言って、路地沿いにあった下駄屋に入った。

隼人たちが店の脇に足をとめて待つと、八吉はすぐに戻ってきた。

「この先に、隠居所があるそうですぜ」

八吉が下駄屋の親爺に訊いたことによると、二町ほど大川の方へ歩いた先の左手に板塀をめぐらせた屋敷があり、それが隠居所だという。

「隠居所のあるじは、呉服問屋の旦那だった男だそうでさァ」

八吉が言った。

「名はわかるか」

「善兵衛《よしべえ》だそうですが、伝兵衛が別の名を使ったにちげえねえ」

「そうだな。ともかく、行ってみるか」

隼人たちは、路地を大川の方へ向かって歩いた。

「旦那、あの家ですぜ」

利助が前方を指差して言った。

板塀をめぐらせた大きな家だった。そこはすこし高台になっていて、家の先には大川の流れが見えた。

隼人たちは、隠居所の手前まで来て足をとめた。その辺りは人影もまばらになり、路地沿いには、小体な店や仕舞屋などがあった。

隠居所は屋敷と呼ぶにふさわしい家屋だった。路地に面して木戸門があり、松や紅葉《もみじ》などを植えた庭もあった。大川に面した東方の板塀は低くしてあり、庭から大川が眺められるようになっているようだ。

台所の他に五、六間ありそうだった。裏手には、奉公人が寝起きするための長屋もある。

「どうだ、近所で聞き込んでみるか」

隼人は、近所で話を聞けば屋敷の住人のことが知れるのではないかと思った。

「そうしやしょう」

八吉が、うなずいた。

隼人たちは、三人別々になって聞き込むことにした。三人で歩いていると目立つし、別々の方が埒《らち》があくはずである。

三人は陽が沈むころに、さきほど八吉が話を聞いた下駄屋の近くに戻ることにし、その場で分かれた。

隼人は来た道を引き返しながら、路地沿いにある店に立ち寄って訊いてみることにした。八吉と利助は、隠居所の前を通り過ぎた先で聞き込むという。

隼人は、話の聞けそうな店に立ち寄り、それとなく隠居所の住人のことを訊いた。呉服問屋のあるじだったらしいことは、知っている者が多かった。ただ、呉服問屋の屋号も店がどこにあるのかも、知る者はいなかった。

呉服問屋のあるじというのは、伝兵衛が素姓を隠すための虚言であろう、と隼人は思った。隼人は、隠居所に出入りする者についても訊いてみた。首をひねる者が多かったが、隠居所に酒を届けたことがあるという酒屋の親爺が、

「隠居所に酒を届けたとき、若い衆とお侍さまの姿を見かけましたよ」

と、口にした。

「その武士の体つきを覚えているか」

隼人が訊いた。

「大柄で、がっちりした体つきでしたよ」

「大柄な武士か」

森泉であろう、と隼人は思った。

隼人は、他に隠居所にいた者を訊いたが、親爺は台所に女中らしい女がいただけだと答えた。

それからいっときすると、陽が家並の向こうに沈んだので、隼人は下駄屋の近くに戻った。すでに、八吉と利助は路傍に立って隼人を待っていた。

「歩きながら話すか」

ともかく豆菊に戻ろうと思った。

「どうだ、何か知れたか」

隼人が、八吉と利助に目をやって訊いた。

「旦那、まちげえねえ。隠居所にいるのは、伝兵衛ですぜ」

利助が話を聞いた魚屋のあるじによると、夕方、隠居所の前を通りかかったとき、門から出てきた恰幅のいい初老の男を見かけたそうだ。いっしょに遊び人ふうの男と、大柄な武士がいたという。

「その恰幅のいい男が、頬のふっくらした恵比須のような顔をしているらしいんでさァ」

利助がそう言うと、そばにいた八吉が、

「伝兵衛は、恵比須のような顔をしていると、あっしもどこかで聞いた覚えがありやす」

と、言い添えた。

たしか彦十郎の情婦《いろ》お峰も、そのように話していた。

「恵比須のような顔をした極悪人か」

隼人がつぶやくような声で言った。

「旦那、あっしは他のことを耳にしやした」

続いて、八吉が言った。

「なんだ？」

「隠居所には、目つきのよくねえ二本差や遊び人ふうの男が出入りしているようでさァ」

「そのことは、おれも聞いた」

隼人は、聞き込んだことをかいつまんでふたりに話した。

「隠居所が、伝兵衛の隠れ家にまちげえねえ」

めずらしく、八吉が昂った声で言った。

「伝兵衛は隠居所に身を隠し、右腕である源五郎をそばに置き、陰で指図して悪事を働いていたようだな」

隼人は、伝兵衛を頭とする一味の全貌が見えてきたような気がした。

6

南町奉行所の同心詰所に、隼人、天野、横山の三人が顔をそろえていた。今朝、隼人が、天野に、横山さんとふたりで詰所で待っていてくれ、と頼んだのである。

隼人が八吉たちと聖天町に出かけた二日後だった。隼人は、すぐにでも隠居所に住む伝兵衛一家を捕らえたかった。

「横山さん、天野、伝兵衛の居所がはっきりしたよ」

そう言って、隼人が聖天町の隠居所界隈で聞き込んだことをかいつまんで話した。

「さすが、長月さんだ。これで、駒形伝兵衛を捕らえることができる」

横山の声には、興奮したひびきがあった。横山にも、伝兵衛を捕らえたいという強い思いがあったのだ。

「だが、伝兵衛の右腕で、実際に一家を動かしていたのは源五郎のようだ」

隼人は、天野に目を向け、

「どうだ、源五郎の様子は？」

と、訊いた。

「それが、源五郎があるじに収まっている鳴子屋ですがね、料理屋は隠れ蓑《みの》かもしれませんよ」

天野が顔を険しくして言った。

「隠れ蓑とは？」

隼人と横山の目が、天野に向けられた。

「手先たちが近所で聞き込んだり、店で遊んだことのある客などから耳にしたんですがね、鳴子屋では、肌を売る女を何人も抱えていて、客の求めに応じて楽しませているようですよ」

天野が小声で言った。

「おれも、そんなことではないかと思っていたよ」

隼人も、鳴子屋の前を通ったとき、ただの料理屋ではないと感じとっていた。ただ、女を抱かせる店は、浅草だけでも何軒もあるだろう。それだけで店に踏み込んであるじや奉公人などを捕らえることはできない。

「他にもあるんです」

天野が、さらに声をひそめて言った。

「何だ？」

「店の裏手に離れがありましてね。そこで、商家の旦那や料理屋のあるじ、大工の棟《とう》梁《りょう》など金まわりのいい客だけを集めて、ひそかに賭場を開いているらしいんです」

「賭場か」

どうやら、鳴子屋が伝兵衛一家の金を生み出す店になっているようだ。料理屋の上客を遊ばせる遊女屋であり、賭場でもあるのだ。それに、伝兵衛は、手下を使って商家から大金を脅し取ったり、金ずくで殺しまで引き受けている。

「隠居所と鳴子屋を同時に押さえないと、どちらかに逃げられるな」

隼人が、天野と横山に目をやって言った。

「そうですね」

天野が、顔を険しくして言った。

「手分けして、同時に踏み込もう」

「承知した」

横山が言い、天野もうなずいた。

「ところで、山崎だが、傷の具合はどうだ」

「だいぶいいようですよ。……すでに、出仕し、巡視も始めたと聞いています」

天野が言った。

「どうだ、山崎の手も借りるか」

「それがいい！」

横山が声を大きくして言った。

「山崎も、伝兵衛一味の捕縛に加われば、無念を晴らせるはずだ」

「ならば、横山さんと天野とで、鳴子屋を頼む。おれと山崎とで、隠居所に踏み込もう」

隼人が言った。

天野は鳴子屋を探っていたので、店の様子が分かっている。また、隠居所には森泉がいるようなので、隼人が出向いて斬るつもりでいた。森泉は、刀をふるって捕方に抵抗するはずだ。捕方が下手に捕らえようとすれば、多くの犠牲が出るだろう。

「それに、鳴子屋と隠居所は近い。連絡を取り合って、先に片がついた方が助太刀に加わればいい」

そうすれば、四人で協力して伝兵衛とその一党を捕らえたことになる。

「上策だ」

横山と天野も同意した。

「お奉行に、お話ししますか」

天野が訊いた。上申すれば、与力の出役を待ち、その指図の許で隼人たち同心は動くことになるだろう。

「それはまずい」

奉行に上申して与力の出役をあおぐことになれば、大勢の捕方が集められ、伝兵衛の察知するところとなる、と隼人はみていた。おそらく、伝兵衛は隠居所から姿を消すだろう。そうなれば、何人かの子分は捕らえられたとしても、伝兵衛や源五郎などの主だった者を捕らえる機会は失われるかもしれない。

隼人がそのことを話すと、

「おれも、そうみる」

と、横山が顔を険しくして言った。

「おれたち四人でやろう」

隼人が意を決するように言った。

「それで、いつ、やります」

天野が小声で訊いた、

「ひそかに捕方を集めるのに、どれほどかかる」

「二日……」

横山が言うと、天野もうなずいた。

「ならば、三日後の未明はどうだ」

隼人は、捕方が日中や夜に鳴子屋に踏み込むと大騒ぎになるとみていた。大勢の客がいるし、付近の店も開いている。

「長月さんの言うとおり、未明しかないな。……暗いうちに、大番屋の裏手の桟橋から舟で聖天町に向かおう」

横山が言った。

「では、三日後の未明――」

そう言って、隼人は立ち上がった。

第六章　未明の捕物

1

頭上に星空がひろがっていた。東の空にはかすかな曙色があったが、まだ辺りは深い夜陰に包まれている。

南茅場町の大番屋の前に、四十人余の男たちが集まっていた。これから、浅草聖天町に向かう捕方たちである。

隼人、天野、横山、山崎の四人の八丁堀同心の姿もあった。隼人たちは、小袖にたっつけ袴、草鞋履きという扮装《いでたち》だった。ふだん市中を巡視している八丁堀ふうの格好ではなかったが、物々しい捕物出役装束ともちがっていた。

隼人たちは、巡視の途中で伝兵衛の隠れ家を発見し、日を置くと逃亡される恐れがあったので、急いで捕方を集めて翌未明に捕縛に向かったことにするつもりだった。そのため、装束も簡単なものにしたのである。

捕方の多くは岡っ引きや下っ引きたちで、ふだん町を歩いている格好の者が多かった。ただ、いずれも顔が緊張し、目ばかり異様にひかっていた。これから、駒形伝兵衛の捕縛に向かうのである。捕方たちも相手が大物であり、取り逃がすわけにはいかないことを承知しているのだ。

捕方のなかに、短い梯子《はしご》や龕灯《がんどう》を手にしている者がいた。梯子は板塀を越えるためであり、龕灯は店や家のなかが暗い場合に照らすためである。龕灯は銅やブリキなどで作った釣鐘形の外枠のなかに、回転する蠟燭《ろうそく》立てをとりつけた照明具である。現代の懐中電灯のように一方だけを照らすことができる。

「行くぞ」

横山が捕方たちに声をかけた。

先頭にたった横山に率いられた一隊は、大番屋の脇を通って日本橋川の岸辺に出た。岸沿いの道をすこし歩けば、桟橋に出られる。

桟橋には、五艘の猪牙舟がつないであった。昨日のうちに、横山、天野、山崎の三人で調達したのである。

四人の同心と捕方たちは、五艘の舟に分乗した。舟の艫と舳《へ》に立って棹や櫓を手にしたのは、捕方のなかで舟の扱いに慣れた者たちである。

隼人の乗る舟の船頭役は、繁吉と浅次郎だった。近ごろ、浅次郎も舟が扱えるようになったのだ。

「舟を出しやす！」

繁吉が声をかけ、巧みに棹を使って桟橋から舟を離した。

先に日本橋川に乗り出したのは、隼人たちの乗る繁吉の舟だった。繁吉は、船頭なので日本橋川や大川の流れの様子、舟を着ける桟橋や船寄のあるところなどをよく知っていた。

五艘の舟は、夜陰に包まれた日本橋川を下っていく。やがて、舟は大川に出て、水押しを川上に向けた。

大川の黒ずんだ川面は、無数の波の起伏を刻みながら永代橋の彼方の江戸湊の黒い海原のなかに呑み込まれていく。日中は猪牙舟、屋根船、茶船などが行き交っているのだが、いまは船影もなく、轟々《ごうごう》と波音だけを響かせている。

捕方を乗せた五艘の舟は新大橋に続いて両国橋をくぐると、水押しを浅草側に寄せ、左手に浅草御蔵の黒い連なりを見ながら川上に向かった。

吾妻橋をくぐって、いっときすると、

「そろそろ、舟を着けやすぜ」

繁吉が声を上げ、水押しを陸地に向けた。

桟橋があった。数艘の舟が舫ってあり、波に揺れていた。繁吉は巧みに舟を桟橋に寄せ、舫ってある舟の間に水押しを入れて舟を止めた。

「下りてくだせえ」

繁吉の声で、隼人たちは桟橋に下り立った。

後続の舟も桟橋に着き、捕方たちが次々に桟橋に下りてきた。

桟橋に下り立った一隊は、土手の短い坂を上って川沿いの通りに出た。そこへ、利助と天野が手札を渡している岡造《おかぞう》という岡っ引きが、走り寄ってきた。ふたりは、昨夜のうちから聖天町に来て、鳴子屋と隠居所を見張っていたのだ。

「天野の旦那、鳴子屋は変わりありません」

岡造が、天野のそばにいた他の同心にも聞こえる声で言った。

「源五郎は店にいるな」

天野が念を押すように訊いた。

「おりやす」

岡造が答えると、続いて利助が、隠居所も変わりないことを伝えた。伝兵衛もいるという。

「利助、森泉はどうだ？」

隼人が訊いた。森泉が隠居所にいるかどうか気になっていたのである。

「いやす。……昨夜、森泉らしい二本差が、隠居所に入《へえ》るのを目にしやした」

利助が昂《たかぶ》った声で言った。

「そうか」

隼人は、森泉と立ち合うつもりでいたのだ。

「そろそろ行きますか」

天野が東の空に目をやって言った。

だいぶ明るくなっていた。曙色がひろがり、上空の星のまたたきが薄らいでいる。川岸の樹木や通り沿いの家々の輪郭が、くっきりと見えるようになっていた。

「行くぞ」

隼人が、近くにいた捕方たちに声をかけて歩きだした。

路地をしばらく歩くと、道幅のひろい通りに突き当たった。通り沿いに、表店が並んでいる。その辺りは聖天町で、日中は参詣客や遊山客などが行き交っている通りだが、いまはひっそりとして人影もない。

隼人たちは、そこで足を止めた。

「天野、ここで分かれよう」

鳴子屋と隠居所は、ここから近かった。

「承知――」

天野はすぐに横山に話し、二十余人の捕方を連れて鳴子屋に向かった。鳴子屋付近に集まっている捕方も何人かいるはずなので、三十人ほどになるのではあるまいか。

「おれたちも、行くぞ」

隼人が捕方たちに声をかけた。

先導する利助の後に、隼人と山崎がつき、二十人ほどの捕方が続いた。

聖天宮の近くまで来ると、隼人たち一隊は表通りから路地に入った。いっとき歩くと、板塀をめぐらせた隠居所が淡い夜陰のなかに見えてきた。

辺りはだいぶ白み、路地沿いの家々や樹木は、くっきりとその輪郭と色彩をあらわしはじめていた。家並の間から、鉛色の大川の川面が見え、低い地鳴りのような流れの音が聞こえてくる。

隠居所の近くの物陰に、何人かの人影があった。見張りの者と浅草界隈から駆けつけた岡っ引きや下っ引きたちである。

ふたりの男が、隼人と山崎のそばに駆け寄り、隠居所は変わりないことを伝えた。

「ころあいだな」

隼人が東の空に目をやって言った。

曙色が明るさを増し、横に延びた細い筋雲が血のような色に染まっている。

2

隼人たち一隊は、足音を忍ばせて木戸門の前まで来た。両開きの門扉《もんぴ》は開かなかった。閂《かんぬき》がかってあるらしい。

「梯子をかけろ」

山崎が梯子を持った手先に命じた。

すぐに、近くの板塀に梯子がかけられ、ふたりの岡っ引きが梯子を上って、板塀の向こう側に飛び下りた。

ふたりは木戸門に走り、閂を抜いて門扉をあけた。

門のなかに入ると、山崎がまわりにいた捕方たちに、

「裏手へまわるぞ」

小声で伝え、十数人の捕方を連れて裏手へまわった。山崎隊が裏手から侵入し、隼人たちが表から踏み込む手筈になっていたのだ。

「行くぞ」

隼人は、その場に残った十人ほどを従えて戸口に向かった。利助や繁吉たちの他に、中間や小者も加わっていた。いずれも厳しい顔つきで、薄闇のなかに目をひからせている。

戸口の引き戸は、すぐに開いた。心張り棒はかってなかったらしい。

家のなかは薄闇に包まれ、ひっそりとしていた。まだ、住人は眠っているようだ。

土間の先に、板敷きの間があった。その先に座敷があるらしく、襖が立ててある。右手には廊下があり、奥へ続いていた。廊下沿いに何部屋かあるらしい。

隼人たちは、足音をたてないように板敷きの間に上がった。廊下へも、数人の捕方が向かった。

隼人は正面の襖に近づきながら、ひとのいる気配をうかがった。襖の先に、ひとのいる気配はなかった。

隼人は、そっと襖をあけた。座敷だったが、だれもいなかった。左手の奥に長火鉢が置いてあり、その上に神棚がしつらえてあった。居間になっているらしい。

その座敷の奥にも襖が立ててあった。

……ひとがいる！

隼人は察知した。

居間の先の座敷にひとのいる気配がしたが、物音も話し声も聞こえなかった。戸口から侵入した隼人たちに気づき、聞き耳を立てているのかもしれない。

そのとき、廊下側で床板を踏む音がした。廊下に踏み込んだ捕方の足音である。

「だれだ！」

ふいに、襖の向こうで人声が聞こえ、立ち上がる気配がした。

ガラッ、と襖が開いた。姿を見せたのは、寝間着姿の男だった。町人らしい。座敷には夜具が敷いてあるようだった。

「と、捕方だ！」

男が叫んだ。

すると、男の後ろで、バタバタと夜具を撥《は》ね除《の》ける音がし、男の怒声がひびいた。別の男がふたりいる。三人で、その座敷で寝ていたらしい。

「踏み込め！」

隼人が声を上げ、すぐに兼定を抜刀した。

そのとき、「伝兵衛を逃がせ！」という声が聞こえ、襖が大きく開いた。姿を見せたのは、大柄な武士だった。寝間着姿だが、左手に大刀を引っ提げていた。森泉仙十郎である。森泉は、そばに置いておいた刀を摑んで立ち上がったようだ。

「森泉か」

隼人は、森泉の前に立った。

「長月だな」

森泉は、鋭い目で隼人を見すえた。

座敷にいたふたりの男は、「捕方だ！」「大親分、逃げてくれ！」と叫び、廊下へ飛び出した。ふたりの男は、さらに奥へむかったらしく足音が廊下に響いた。伝兵衛は、奥の座敷で寝ているようだ。

御用！

御用！

捕方たちの声が起こり、廊下にいた数人の捕方が、ふたりの男を追って廊下を走る足音が聞こえた。

……伝兵衛を逃がすことはない。

と、隼人は思った。裏手から、山崎の一隊が踏み込んでいるはずである。

「森泉、神妙に縄を受けろ！」

隼人が、語気を鋭くして言った。

「縄など受けるか！」

言いざま、森泉が抜刀した。

隼人は近くにいた利助や繁吉たちに、「後ろに下がれ」と声をかけた。

森泉はゆっくりとした足取りで、隼人のいる座敷に出てきた。そして、襖を背にして立つと、切っ先を隼人にむけた。

森泉は青眼に構えた。どっしりと腰が据わっている。切っ先が、ピタリと隼人の喉元につけられていた。

隼人は低い八相に構え、やや刀身を寝かせた。切っ先が、鴨居《かもい》に触れないように低く構えたのである。

ふたりの間合は、三間ほどだった。立ち合い間合としては狭い。座敷では、間合がひろくとれないのだ。

ふたりは、青眼と八相に構えたまま全身に気勢を込め、斬撃の気配を見せた。気攻めである。ふたりとも、気魄《きはく》で相手の気や構えを崩してから、斬り込もうとしているのだ。そのとき、奥の方で、男の絶叫と何かが倒れるような音が聞こえた。山崎たちが、奥に逃げた伝兵衛と手下たちを捕らえようとしているのだ。

ふいに、森泉の全身に斬撃の気が走った。奥から聞こえた叫び声で、対峙していた緊張が切れたらしい。

オリャァ！

甲高い気合を発し、森泉が斬りかかってきた。

踏み込みざま青眼から袈裟へ。

間髪をいれず、隼人は八相から袈裟に斬り下げた。

袈裟と袈裟――。

ふたりの刀身が合致した瞬間、青火が散って、刀身がはじき合った。次の瞬間、ふたりは背後に跳んだが、まだ斬撃の間境のなかにいた。

ふたりは、ほぼ同時に二の太刀をはなった。

森泉は振りむきざま真っ向へ。

隼人は右手に踏み込みながら胴を払った。一瞬の太刀捌きである。

森泉の切っ先が、隼人の肩先をかすめて空を切り、隼人の刀身は森泉の腹を横にえぐった。隼人は森泉の真っ向への斬撃を読み、森泉が振りかぶったときに隙のみえた胴を払い斬りにしたのである。

グワアッ！

獣の咆哮《ほうこう》のような呻き声を上げ、森泉は左手で裂けた腹を押さえた。その指の間から、血が流れ出ている。

森泉は、いっときその場に突っ立っていたが、両膝を折ってうずくまり、苦しげな呻き声を上げた。指の間から流れ落ちた血が、畳を赤く染めている。

隼人は森泉に身を寄せると、

……長くはもつまい。

と、思った。森泉は腹を横に斬り裂かれ、臓腑《ぞうふ》が覗いていた。

「とどめを刺してくれる」

言いざま、隼人は手にした兼定を一閃《いっせん》させた。

森泉の首が横にかしぎ、首筋から血が奔騰した。隼人の切っ先が、森泉の首を深く斬ったのである。

森泉は畳に血を撒きながら前に突っ伏し、動かなくなった。体が痙攣《けいれん》していたが、息の音は聞こえなかった。絶命したようである。

3

隼人は廊下に飛び出した。まだ、伝兵衛は捕らえられていないらしく、激しい音と男の怒声や叫び声が聞こえた。

利助や綾次たちも、隼人に続いて廊下を奥に向かった。

隼人たちがいた座敷から三部屋先の廊下に、ふたりの捕方の姿があった。十手を持って、部屋に向かって身構えている。その部屋に伝兵衛たちがいるらしく、物音と男たちの声が聞こえた。

「前をあけろ！」

隼人が、廊下にいる捕方に声をかけた。

ふたりの捕方が、慌てて身を引いた。そこは、ひろい座敷だった。山崎をはじめ、十人ほどの捕方が、三人の男を取りかこんでいた。

奥の襖に身を寄せている初老の男が、伝兵衛らしい。丸顔で頬がふっくらしていた。恵比須のような福相だが、その顔が憤怒と興奮でゆがみ、細い目がつり上がっていた。

伝兵衛の両脇に、ふたりの男がいた。ひとりは、痩《や》せた男で顎がとがっている。この男は、後でわかったのだが、鳴吉《なるきち》という名だった。もうひとりは、三十代半ばと思われる浅黒い顔をした男だった。剽悍そうな面構えをしている。

ふたりの男は匕首を構え、伝兵衛の身を守るように立っていた。伝兵衛の子分にちがいない。

捕方たちは、御用！　御用！　と声を上げ、伝兵衛たちを取りかこんで十手を向けているが、なかなか踏み込めないでいた。ふたりの子分の匕首を、恐れているようだ。ふたりには、追い詰められた者の必死さがあった。

「おれがやる！」

隼人が前に出た。

刀身を峰に返し、刀を脇に構えた。峰打ちで仕留めようとしたのだ。

「きやがれ！　首を掻っ切ってやる」

浅黒い顔をした男が、威嚇《いかく》するように手にした匕首を振りかざした。

その動きをとらえ、スッ、と隼人が踏み込んだ。

「やろう！」

叫びざま浅黒い顔の男が踏み込み、匕首を前に突き出した。

すかさず、隼人は脇から刀身を逆袈裟に斬り上げた。

刀身がきらめいた瞬間、甲高い金属音が響き、男の匕首が虚空に飛んだ。隼人が、刀身で匕首をはじき上げたのである。

その拍子に、男は体勢を崩して体を前に泳がせた。

「いまだ、捕れ！」

山崎が叫ぶと、ふたりの捕方が男の両側から飛びつき、肩を摑んで押し倒した。

隼人の動きは、それで止まらなかった。もうひとりの男、鳴吉の首筋に切っ先を向けて一歩踏み込んだ。

ヒッ、と鳴吉が喉の詰まったような悲鳴を上げ、後じさったが、その背が伝兵衛の肩に突き当たった。この一瞬の隙をとらえ、隼人はさらに踏み込んで、男の手首を狙って刀を振り下ろした。

にぶい骨音がし、鳴吉の手から匕首が叩き落とされた。隼人の峰打ちの一撃が、鳴吉の右の手首を強打したのだ。

これを見た捕方たちが、一斉に鳴吉と伝兵衛に飛びかかった。

「よせ！　よさねえか」

伝兵衛が、顔をしかめながら悲鳴のような声を上げた。

ふたりの捕方が伝兵衛の着物の両肩をつかみ、もうひとりが腰のあたりに手をまわして足をかけ、三人がかりで伝兵衛を畳に押し倒した。そして、俯《うつぶ》せにすると両腕を後ろにとって縄をかけた。

この間に、ふたりの子分も早縄をかけられた。

「長月さん、駒形伝兵衛を捕らえました」

山崎が興奮した声で言った。

「これで、殺された御用聞きたちの仇も討てる」

隼人も、肩の荷がすこしだけ下りたような気がした。ただ、隼人には、火龍の剣を遣う矢萩京之助との闘いが残っていたので、まだまだ気は抜けなかった。

「引っ立てろ！」

山崎が捕方たちに声をかけた。

隼人たちが隠居所の戸口から出ると、朝陽が辺りを照らしていた。低い板塀越しに、大川の川面が見えた。朝陽を映じて、キラキラひかっている。そのひかりのなかを、客を乗せた猪牙舟がゆっくりと行き交っていた。

隼人たちが捕縛したのは、伝兵衛、鳴吉、顔の浅黒い男、伝兵衛の情婦、それに三下がふたりだった。後で分かったのだが、情婦の名はおせん、顔の浅黒い男は久蔵《ひさぞう》だった。久蔵は、いつも伝兵衛のそばにいる用心棒役のひとりらしかった。

そのとき、隼人の脇にいた利助が、

「長月の旦那、天野の旦那ですぜ」

と、声を上げた。

見ると、天野と横山、それに捕方たちが隠居所の木戸門からなかに入ってくるところだった。縄をかけられた男が数人、捕方たちに引き立てられてくる。鳴子屋で捕らえられた者たちらしい。

天野たちは、戸口にいる隼人たちのそばに来ると、

「長月さん、伝兵衛はどうした？」

と、横山が訊いた。やはり、頭目の伝兵衛がどうなったか気になっているようだ。

「捕らえたよ。あの男だ」

隼人が後ろ手に縛られ、戸口に立っている大柄な男を指さした。体を顫わせ、顔を苦悶にゆがめている。

「やっと、駒形伝兵衛を捕らえたな」

横山の顔には、安堵《あんど》の色があった。横山の胸の内には、いつ自分も山崎のように襲われるかもしれないという恐怖心があったにちがいない。

「源五郎は？」

隼人が訊いた。

「あの背の高い男だ」

横山が、天野の背後にいる長身の男を指差した。面長で鼻が高く、すこし背が曲がっている。額に、うすく血が滲《にじ》んでいた。苦痛に顔をゆがめている。捕方に抵抗して、十手で殴られたのかもしれない。

「他に、手先を三人捕らえたこ」

横山の言うとおり、源五郎の他に縄をかけられ、捕方たちに取り囲まれている男が三人いた。鳴子屋にいた源五郎の子分たちであろう。

「うまくいったな」

隼人は上首尾だと思った。駒形伝兵衛と源五郎、それに隠居所と鳴子屋にいた子分たちを捕らえ、抵抗した森泉を始末したのである。

「引っ立てろ！」

めずらしく、隼人が捕方たちに声をかけた。

4

「旦那、矢萩に勝てやすか」

利助が心配そうな顔をして隼人に訊いた。

隼人、利助、綾次の三人は、下谷、車坂町を歩いていた。隼人たちが、伝兵衛や源五郎たちを捕らえた三日後だった。隼人は、矢萩を討つつもりで車坂町に来たのだ。ひとりで来るつもりだったが、利助と綾次が、どうしてもいっしょに来るといってきかなかったので、やむなくふたりを連れてきたのである。

隼人はふたりに、

「おれが矢萩に後れをとったら、すぐに逃げろ」

と強く言い、承知させていた。下手に矢萩を捕らえようとすれば、利助たちの命はないだろう。

「やってみねば、わからんな」

五分五分ではないかと思った。

隼人は矢萩と初めて立ち合った日から、どうすれば火龍の剣を破ることができるか考えていた。実際に刀を振って工夫すればいいのだが、伝兵衛一党を捕らえるために動いていたので、その暇はなかった。それに、短期間、刀や木刀を振りまわしても、実戦で遣える刀法は身につかないだろうという気もあった。

野上と大久保が口にした「刀が払い落とされるのを防ぐことだ」と「矢萩の初太刀と刀を合わせぬがいい」という言葉に、火龍の剣を破る示唆《しさ》があるとみていた。ふたりは同じことを言ったらしい。つまり、矢萩が八相から袈裟に斬り落としてくる初太刀に、刀を払い落とされるな、という意味である。

野上は、「先《せん》をとるしかないかもしれん」とも言ったが、八相に構えた相手に対して先に斬り込むのは至難である。下手に斬り込めば、その斬撃をかわされ、隙がてきたところへ斬り込まれる恐れがある。

……ともかく、相手の八相の構えを崩すことだ。

隼人は、火龍の構えと呼ばれる特異な八相の構えを崩せるかどうかが勝負の分かれ目になるとみていた。

隼人が頭のなかで火龍の剣の太刀筋を思い描きながら歩いているうちに、前方に矢萩の住む借家が見えてきた。

「旦那、あっしが様子をみてきやす」

そう言って、利助が足早に借家の方へ向かった。

隼人と綾次は、路傍に立って利助の後ろ姿に目をやっていた。綾次は緊張した面持ちで隼人のそばに立っている。

利助は借家の戸口まで行き、なかの様子を窺《うかが》っていたが、すぐに戻ってきた。

「旦那、いやすぜ」

利助がこわばった顔で言った。

家のなかで、男と女の話し声が聞こえたという。話の内容までは聞き取れなかったが、男は武家言葉を使ったそうだ。

「家の外に、引き出すか」

隼人は路地に目をやって言った。

立ち合いの間合はあった。それに、ときおり物売りや近所の住人らしい者が通ったが、騒ぎが大きくなるようなことはないだろう。

隼人はゆっくりとした足取りで、借家に向かった。

見ると、戸口の引き戸が五寸ほど開いたままになっていた。そこから、かすかにくぐもったような男と女の声が聞こえた。

「利助、綾次、離れていろ」

隼人は、ふたりに声をかけてから引き戸をあけた。

家のなかは、薄暗かった。敷居の先に土間があり、その先が座敷になっていた。座敷のなかほどに、矢萩が湯飲みを手にして胡座《あぐら》をかいていた。膝先に、貧乏徳利《どつくり》が置いてある。酒を飲んでいたらしい。

女の姿はなかった。座敷の先に障子が立ててあり、その奥にひとのいる気配があった。女はそこにいるようだ。

「長月か」

矢萩が隼人を見すえたまま言った。

「矢萩、森泉はおれが斬ったぞ」

隼人も、矢萩を見すえた。

「伝兵衛はどうした？」

「いまごろ、大番屋で吟味を受けているはずだ」

「そうか」

矢萩は手にした湯飲みを置くと、ゆっくりとした動作で立ち上がり、脇に置いてあった大刀を手にして立ち上がった。

そのとき、奥の障子があいて、女が顔を出した。色白のほっそりした年増である。

「おまえさん、このひと、だれなの？」

女は、隼人に目を向けながら矢萩に訊いた。

「地獄からの使いかな」

矢萩が、くぐもった声で言った。

「……………！」

女の顔から血の気が引き、体が顫えだした。その場の雰囲気から、斬り合いが始まることを察知したのだろう。

「おれが、こやつを地獄へ追い返してやる」

そう言うと、矢萩は手にした刀を腰に差した。

「表へ出ろ」

隼人は矢萩に体を向けたまま後じさり、敷居をまたいで家の外に出た。

矢萩はゆっくりとした足取りで、上がり框から土間に下りてきた。

5

隼人と矢萩は、借家の前の路地で対峙した。まだ、ふたりとも両手を脇に垂らしたまま抜刀していなかった。利助と綾次はすこし離れた路傍で固唾《かたず》を飲んで、ふたりの動きに目を向けている。

ふたりの間合はおよそ四間半――。

隼人はすこし遠間《とおま》にとった。矢萩の初太刀をまともに受けないためである。

「いくぞ！」

隼人が先に抜刀した。

矢萩はゆっくりした動きで刀を抜くと、青眼に構えてから刀を振り上げ、低い八相にとった。切っ先を右横にむけ、刀身を寝かせている。火龍の構えである。

隼人は青眼に構えた切っ先をすこし上げて、矢萩の左拳につけた。八相の構えに対する剣尖のつけ方だった。上段の構えもそうだが、刀を振りかぶったときに柄を握った左拳に剣尖をつけられると、斬り下ろしづらくなるのだ。

隼人と矢萩は、およそ四間半の間合を保ったまま動かなかった。気魄で攻めながら、敵の気の動きを読んでいる。

しだいにふたりの構えに気勢が満ち、全身から放たれる剣気が高まってきた。時のとまったような静寂と緊張のなかで、ふたりは塑像のように動かない。

どれほどの時間が過ぎたのか。ふたりには、時の経過の意識はなかった。

ジリッ、と矢萩の左足の爪先が動いた。そのかすかな動きが、ふたりを包んでいた剣の磁場を突き破った。

矢萩が先に動いた。両足の爪先が、ジリッ、ジリッと、前に出てくる。

対する隼人は、動かなかった。矢萩の気の高まりと、間合を読んでいる。

ふたりの間合が狭《せば》まるにつれ、互いの全身に気勢が満ち、斬撃の気配が高まってきた。

ふたりの間合は、およそ三間半――。

……まだ、遠い！

と、隼人は読んだ。

半歩……。さらに、半歩……。矢萩が迫ってくる。

……あと、半歩！

と読んだ瞬間、隼人の全身に斬撃の気が走った。先《せん》をとり、矢萩が仕掛ける寸前をとらえたのだ。

一瞬、矢萩の顔にハッとした表情がよぎったが、体が隼人の気の動きに反応した。

タアッ！

トオッ！

ふたりの裂帛《れっぱく》の気合が、静寂をつんざいた。

隼人は、青眼から踏み込みざま真っ向へ。

一瞬、遅れて、矢萩の刀身が八相から袈裟に走った。

かすかに、矢萩の切っ先が隼人の刀身をかすめたが、火花は発しなかった。

隼人の切っ先は、矢萩の顔面から一尺ほど離れて空を切った。遠間から仕掛けたために、切っ先が届かなかったのだ。

一瞬遅れて、矢萩の切っ先も流れた。

次の瞬間、隼人は後ろに跳んだ。矢萩の二の太刀がくる、と察知したからである。

刹那、矢萩の二の太刀が、横一文字に走った。火龍の二の太刀である。

矢萩の切っ先も、隼人の右の肩先をかすめて空を切った。身を引いた隼人の動きが迅く、切っ先が届かなかったのである。

隼人と矢萩は、ふたたび大きく間合をとって、青眼と火龍の構えにとった。

「よくかわしたな」

矢萩の顔に驚きの色があった。火龍の剣をかわされるとは思っていなかったにちがいない。

「だが、次はかわせぬぞ」

矢萩が隼人を睨むように見すえて言った。

顔が紅潮し、双眸が狂気を感じさせる異様なひかりを宿している。火龍の剣をかわされたことで、気が昂っているようだ。

……同じ手は通じぬ！

と、隼人は思った。

「いくぞ！」

隼人は声をかけ、先に動いた。

足裏を摺るようにして間合をつめ始めた。

と、矢萩も動いた。爪先から、ジリッ、ジリッ、と身を寄せてくる。

ふたりの間合が、それぞれ相手を引き合うように狭まってきた。一気に、ふたりの斬撃の気配が高まってきた。

……あと、半間。……二歩。

隼人は矢萩との間合を読んだ。

……一歩！

と読んだ瞬間、隼人の全身に斬撃の気が走った。初手より、さらに半歩ひろく間合をとって仕掛けたのだ。

一瞬、矢萩は驚いたように目を瞠《みは》ったが、すぐに斬撃の動きを見せた。間髪をいれず、ふたりは裂帛の気合を発して斬り込んだ。

隼人は大きく踏み込み、青眼から真っ向へ斬り込み、一瞬遅れて矢萩の刀身が八相から袈裟に走った。ふたりの動きは初手と同じだったが、間合がちがっていた。一尺ほど遠い間合である。

ふたりの切っ先は触れ合わずに、それぞれ空を切って流れた。

次の瞬間、隼人は半歩身を引きざま、突き込むように矢萩の籠手《こて》に斬り込んだ。一瞬の太刀捌きである。

矢萩は二の太刀を横一文字に——。火龍の二の太刀をはなった。

カキッ、と金属音がひびき、矢萩の切っ先が揺れて流れた。兼足の鍔にあたったのだ。

一方、隼人の切っ先は、矢萩の右の前腕を斬り裂いていた。

ふたりの二の太刀の迅さは変わらなかったが、切っ先の伸びがちがった。隼人は肘《ひじ》を伸ばして突き込むように籠手を狙ったため、矢萩より一尺ほども切っ先が伸びたのである。

次の瞬間、ふたりは大きく背後に跳び、また八相と青眼に構え合った。

矢萩の右の前腕が血に染まり、タラタラと赤い筋を引いて流れ落ちている。体の右横に向けた刀身が、小刻みに震えていた。矢萩は右手を斬られ、力が思うように入らないらしい。

「お、おのれ！」

矢萩が怒声を上げた。双眸がつり上がり、顔が憤怒にゆがんでいる。

隼人は、矢萩が平常心を失い、力んでいるのを見て、

「勝負あったな」

と、声をかけた。気の動揺は読みを誤らせ、体の力みは、一瞬の反応を鈍くする。

「勝負は、これからだ！」

叫びざま、矢萩が間合を詰めてきた。

速い摺り足の寄り身だった。一気に、隼人との間合が狭まった。

一足一刀の間境に迫るや否や、矢萩が仕掛けた。

タアリャッ！

甲走った気合を発し、八相から袈裟へ。火龍の剣の初太刀だった。

鋭い斬撃だったが、隼人にはこの太刀筋が読めていた。

右手に飛びざま、刀身を横に払った。一瞬の太刀捌きである。

ビュッ、と矢萩の首筋から血が飛び、体がよろめいた。隼人の一颯《いっさつ》が、矢萩の首をとらえたのである。

矢萩は血を撒き散らしながらよろめき、足がとまると体が大きく揺れ、腰から崩れるように転倒した。

矢萩は喘鳴《ぜんめい》のような悲鳴を洩らし、首をもたげようとしたが、すぐにがっくり落ちた。なおも、這うように四肢を動かしていたが、いっときすると動かなくなった。絶命したようである。矢萩の首筋から血が流れ落ち、地面に赤くひろがっていく。

隼人は血刀を引っ提げて矢萩の脇に立ち、大きく息を吐いた。一息ごとに、昂っていた気と体中の血の滾《たぎ》りが静まってくる。

「旦那ァ！」

利助が声を上げ、綾次とふたりで駆け寄ってきた。

ふたりの顔には、安堵と凄絶な闘いを目の当たりにした興奮とがあった。

「これで、始末がついたな」

そう言って、隼人は兼定に血ぶり（刀身を振って血を切る）をくれ、静かに納刀した。

6

「天野、伝兵衛も観念したようだな」

隼人は天野とふたりで、八丁堀を歩いていた。

この日、隼人は奉行の筒井が下城して奉行所に戻るのを待って、事件の始末がついたことを報告した。その後、奉行所を出て八丁堀まで来たとき、巡視を終えた天野と顔を合わせたのである。

隼人が矢萩を始末して五日経っていた。隼人は天野と歩きながら、捕らえた伝兵衛たちの吟味の様子を訊いた。それぞれの供の庄助と与之助は先に組屋敷に帰し、ふたりだけで同心の組屋敷の続く通りをゆっくりと歩いていた。

隼人たちが、伝兵衛、源五郎、それに子分たちを捕らえた後、吟味方与力と捕縛に加わった天野、横山、山崎たちの手で、吟味が行われていた。隼人も吟味の場に加わることがあったが、あまり顔を出さなかった。これから先は、定廻り同心と吟味方与力に任せようと思ったのである。

「はい、やっと、伝兵衛も口をひらくようになりました」

当初、伝兵衛は何を訊いても、てまえとは何の関わりもございません、と口にするだけで、事件のことはまったく話さなかった。

「やはり、源五郎が口を割ったことが大きかったようです」

天野が言った。

源五郎も、なかなか口を割らなかった。ところが、鳴子屋でいっしょに捕らえられた子分たちが自白したことを知ると、源五郎もこれ以上隠しきれないと観念して口を開いたのである。

「源五郎が、伝兵衛とのかかわりを認めたからな。……伝兵衛としても、隠しようがなかったのだろうよ」

源五郎は、伝兵衛の右腕として子分たちに指図していたことを認めたのだ。

「伝兵衛が、なぜ執拗に岡っ引きや町方同心の命を狙ったのかわかりました。……探索を恐れたこともあるようですが、やはり彦十郎が牢死したことで、町方に強い怨みをもったことが理由のようです。……伝兵衛にとって、彦十郎はただひとりの子だったのです」

天野が、しんみりした口調で言った。

「伝兵衛のような悪党でも、子は可愛かったということか」

「そのようです。……吟味の場で、伝兵衛は、倅の仇を討ってやりたかったと言ってましたから」

「だがな、死んだ御用聞きたちにも、女房子供はいたのだぞ」

隼人は、子供が可愛かったら真っ当な暮らしをさせればよかったのだ、と胸の内でつぶやいた。

そんな話をしながら歩いていると、前方から走ってくる庄助の姿が見えた。ひどく、慌てた様子である。

「家で、何かあったかな」

隼人は、小走りになって庄助に近寄った。

「だ、旦那、生まれそうですぜ！」

庄助が、息をはずませながら言った。

「赤子か！」

隼人が声を上げた。

「へい、もうすぐだそうで！　大勢、屋敷に集まってやすぜ」

「大勢だと！　だれが、来ているのだ」

家には、おつたとおたえ、それに利助と綾次が、顔を出しているだけであろう。

「前田《まえだ》さまに、ご新造のおふくさま、天野さまの母御もみえてました」

おたえの実父母の前田忠之助《ただのすけ》とおふくが来ているらしい。前田は、小石川養生所の見廻り同心で、八丁堀の組屋敷に住んでいる。おたえに赤子が生まれそうだと聞いて駆けつけたのだろう。

「なに、母上がか！」

ふいに、天野が声を上げた。天野は自分の母親が、長月家へ行っているなどとは思ってもみなかったのだろう。

「ともかく、すぐ行く」

隼人は、小走りになった。

おたえのお産が始まったらしい。今朝、隼人が組屋敷を出るとき、おたえは、おなかが痛い、と腹に手をやりながら言ったが、それほどの痛みでもないようだし、母親のおつたもふだんとかわりなかったので、そのまま家を出たのだ。

「わたしも、うかがいます！」

天野も、後ろから走ってきた。

木戸門を入ると、戸口のそばに、綾次、与之助、それに前田に仕える小者がいた。

三人は、隼人と天野の姿を見ると、すぐに近寄ってきて、

「生まれそうです」

と、綾次が小声で言った。

「利助はどうした？」

「裏で、湯を沸かす手伝いをしています」

「……………」

隼人は、ちいさくうなずいただけで、すぐに戸口へ入った。戸口には、天野の母親の貞江《さだえ》がいた。

貞江は、そわそわしながら、

「な、長月どの、何かお手伝いすることはないかと思い、うかがいました。……もう、すぐですよ」

と、声を詰まらせて言った。

家の奥で、うん、うん、と唸《うな》るような苦しげな声が聞こえた。産屋《うぶや》にいるおたえの声かもしれない。隼人の家では、一月ほど前から奥の一部屋を産屋として使えるよう

支度してあったのだ。

「かたじけない。それで、母は？」

母親のおつたの姿がなかった。声も聞こえない。

「取り上げ婆《ばば》と、産屋におられます」

「ともかく、座敷で待つしかないな」

隼人は、背後にいる天野に「上がってくれ」と声をかけ、土間から上がると庭に面した座敷にむかった。むやみに、男である隼人が産屋に立ち入ることはできないのだ。

居間には、前田と天野の父親の欽右衛門《きんえもん》の姿があった。欽右衛門は隠居で、ふだんは天野家にいる。

欽右衛門は落ち着かない様子で端座し、前田は座敷のなかをうろうろ歩きまわっている。欽右衛門が隼人と顔を合わせると、「いよいよですな」と小声で言い、産屋のある方へ顔をむけた。

隼人は、欽右衛門と前田にちいさく頭を下げると、部屋のなかほどに座した。天野は、黙したまま神妙な顔をして膝を折った。これを見た前田も、隼人の脇に来て座った。自分だけ立っているのが、決まり悪かったのだろう。

男たちだけで座り、顔を突き合わせていると、妙に親近感が湧いてきた。前田も欽右衛門も、隼人の家に上がるようなことは滅多にないが、何年も同居している家族のように思えてきた。

そのとき、産屋の方から、苦しげな女の叫び声が聞こえ、それに続いて、オギャァ、オギャァ、という産声が聞こえた。

「生まれた！」

思わず、隼人は声を上げて立ち上がった。

天野、前田、欽右衛門の三人も腰を浮かし、産屋の方に目をやった。オギャァ、オギャァ、という産声と、「産湯を！」というしゃがれ声が聞こえた。取り上げ婆らしい。

「長月どの、生まれましたな！」

欽右衛門が、うわずった声で言った。

すると、廊下を慌ただしく歩く足音がし、障子が開いて、貞江が顔をだした。

「男の子ですよ！」

貞江が、誇らしげな顔をして言った。

「男か！」

ふいに、隼人の胸に喜びが衝《つ》き上げてきた。だが、すぐに、おたえの苦しげな叫び

声を思い出し、

「そ、それで、おたえと赤子は無事ですか」

と、訊いた。

「ふたりとも、元気ですよ」

貞江が目を細めて言った。

隼人はほっとして、その場に座りなおし、

「男か……」

とつぶやいて、相好《そうごう》を崩した。

座敷にいた三人の男が、「男だ！」「めでたい！」「長月家の跡取りだ！」などと口々に声を上げた。

時代小説文庫
と 4-26

火龍《ひりゅう》の剣《けん》 八丁堀剣客同心《はっちょうぼりけんかくどうしん》

著者 鳥羽《とば》 亮《りょう》

2013年11月18日第一刷発行

発行者 角川春樹

発行所 株式会社 角川春樹事務所
〒102-0074 東京都千代田区九段南2-1-30 イタリア文化会館

電話 03(3263)5247[編集] 03(3263)5881[営業]

印刷・製本 中央精版印刷株式会社

フォーマット・デザイン＆シンボルマーク 芦澤泰偉

ISBN978-4-7584-3787-5 C0193

http://www.kadokawaharuki.co.jp/[営業]
fanmail@kadokawaharuki.co.jp[編集] ご意見・ご感想をお寄せください。